COLLECTION FOLIO

David Vann

Sukkwan Island

*Traduit de l'américain
par Laura Derajinski*

Gallmeister

Titre original :

SUKKWAN ISLAND

Copyright © 2008 by David Vann.
All rights reserved.
© Éditions Gallmeister, 2010, pour la traduction française.

David Vann est né en 1966 sur l'île Adak, en Alaska. Il a travaillé à l'écriture de son premier roman, *Sukkwan Island*, pendant plus de dix ans. Publié en France en 2010, ce livre a obtenu le prix Médicis étranger et est aujourd'hui traduit en quinze langues dans plus de cinquante pays.

À mon père,
James Edwin Vann,
1940-1980

PREMIÈRE PARTIE

On avait une Morris Mini, avec ta maman. C'était une voiture minuscule comme un wagonnet de montagnes russes et un des essuie-glaces était bousillé, alors je passais tout le temps mon bras par la fenêtre pour l'actionner. Ta maman était folle des champs de moutarde à l'époque, elle voulait toujours qu'on y passe quand il faisait beau, autour de Davis. Il y avait plus de champs alors, moins de gens. C'était le cas partout dans le monde. Ainsi commence ton éducation à domicile. Le monde était à l'origine un vaste champ et la Terre était plate. Les animaux de toutes espèces arpentaient cette prairie et n'avaient pas de noms, les grandes créatures mangeaient les petites et personne n'y voyait rien à redire. Puis l'homme est arrivé, il avançait courbé aux confins du monde, poilu, imbécile et faible, et il s'est multiplié, il est devenu si envahissant, si tordu et meurtrier à force d'attendre que la Terre s'est mise à se déformer. Ses extrémités se sont recourbées lentement, hommes, femmes et enfants luttaient pour rester sur la planète, s'agrippant à la fourrure du voisin et escaladant le dos des autres jusqu'à ce que l'humain se retrouve nu, frigorifié et assassin, suspendu aux limites du monde.

Son père fit une pause et Roy demanda : Et après ?

Au fil du temps, les extrémités ont fini par se toucher. Elles se sont recroquevillées pour se rejoindre et former le globe, et sous le poids de ce phénomène la rotation s'est déclenchée, hommes et bêtes ont cessé de tomber. Puis l'homme a observé l'homme, et comme il était devenu si laid avec sa peau nue et ses bébés pareils à des cloportes, il s'est répandu sur la surface de la Terre, massacrant et revêtant les peaux des bêtes les plus présentables.

Ha, lança Roy. Mais ensuite ?

La suite devient trop compliquée à raconter. Quelque part, il y a eu un mélange de culpabilité, de divorce, d'argent, d'impôts, et tout est parti en vrille.

Tu crois que tout est parti en vrille quand tu t'es marié avec Maman ?

Son père le dévisagea d'un œil qui prouva à Roy qu'il était allé trop loin. Non, c'est parti en vrille un peu avant, je crois. Mais difficile de dire quand.

Ils ne connaissaient pas cet endroit ni son mode de vie, ils se connaissaient mal l'un l'autre. Roy avait treize ans cet été-là, l'été suivant son

année de cinquième à Santa Rosa, en Californie, où il avait vécu chez sa mère, avait pris
des cours de trombone et de foot, était allé au
cinéma et à l'école en centre-ville. Son père
avait été dentiste à Fairbanks. Ils s'installaient à
présent dans une petite cabane en cèdre au toit
pentu en forme de A. Elle était blottie dans un
fjord, une minuscule baie du sud-est de l'Alaska
au large du détroit de Tlevak, au nord-ouest du
parc national de South Prince of Wales et à
environ quatre-vingts kilomètres de Ketchikan.
Le seul accès se faisait par la mer, en hydravion
ou en bateau. Il n'y avait aucun voisin. Une
montagne de six cents mètres se dressait juste
derrière eux en un immense tertre relié par des
cols de basse altitude à d'autres sommets jusqu'à
l'embouchure de la baie et au-delà. L'île où ils
s'installaient, Sukkwan Island, s'étirait sur plusieurs kilomètres derrière eux, mais c'étaient
des kilomètres d'épaisse forêt vierge, sans route
ni sentier, où fougères, sapins, épicéas, cèdres,
champignons, fleurs des champs, mousse et bois
pourrissant abritaient quantité d'ours, d'élans, de
cerfs, de mouflons de Dall, de chèvres de montagne et de gloutons. Un endroit semblable à
Ketchikan, où Roy avait vécu jusqu'à l'âge de
cinq ans, mais en plus sauvage et en plus effrayant
maintenant qu'il n'y était plus habitué.

Tandis qu'ils survolaient les lieux, Roy observait le reflet de l'avion jaune qui se détachait sur
celui, plus grand, des montagnes vert sombre et
du ciel bleu. Il vit la cime des arbres se rappro-

cher de chaque côté de l'appareil, et quand ils amerrirent des gerbes d'eau giclèrent de toute part. Le père de Roy sortit la tête par la fenêtre latérale, sourire aux lèvres, impatient. L'espace d'un instant, Roy eut la sensation de débarquer sur une terre féerique, un endroit irréel.

Ils se mirent à l'ouvrage. Ils avaient emporté autant de matériel que l'avion pouvait en contenir. Debout sur un des flotteurs, son père gonfla le Zodiac avec la pompe à pied pendant que Roy aidait le pilote à décharger le moteur Johnson six chevaux au-dessus de la poupe où il patienta, suspendu dans le vide, jusqu'à ce que l'embarcation fût prête. Ils l'y fixèrent, chargèrent le bateau de bidons d'essence et de jerrycans qui allaient composer le premier voyage. Son père le fit en solitaire tandis que Roy, anxieux, attendait dans la carlingue avec le pilote qui ne cessait pas de parler.

Pas très loin de Haines, c'est là que j'ai essayé.

J'y suis jamais allé, fit Roy.

Eh ben, comme je te disais, tu y trouves des saumons et des ours, et tout un tas de trucs qu'une grande majorité d'humains n'aura jamais, mais c'est tout ce que tu y trouves, et ça inclut une vraie solitude sans personne autour.

Roy ne répondit rien.

C'est bizarre, c'est tout. Les gens emmènent rarement leurs gosses avec eux. Et la plupart emportent de la nourriture.

De la nourriture, ils en avaient apporté, du moins pour les deux premières semaines, ainsi que les denrées indispensables : farine et haricots, sel et sucre, sucre brun pour fumer le gibier. Des fruits en conserve. Mais ils comptaient vivre de chasse et de pêche. C'était leur plan. Ils mangeraient du saumon frais, des truites Dolly Varden, des palourdes, des crabes et tout ce qu'ils parviendraient à abattre — cerfs, ours, mouflons, chèvres, élans. Ils avaient embarqué deux carabines, un fusil et un pistolet.

Tout ira bien, dit le pilote.

Ouais, fit Roy.

Et je viendrai jeter un œil de temps à autre.

Lorsque le père de Roy revint, il affichait un large sourire qu'il essayait de dissimuler en évitant le regard de son fils tandis qu'ils déchargeaient l'équipement de radio dans une boîte étanche, les armes dans des étuis imperméables, le matériel de pêche, les premières conserves et les outils rangés dans des caisses. Puis il fallut à nouveau écouter le pilote pendant que son père s'éloignait en une légère courbe, laissant dans son sillage une petite traînée blanche qui s'apaisait rapidement en vaguelettes sombres, comme si elles ne pouvaient déranger qu'un minuscule coin du monde et que, de ses tréfonds, cette région se ravalerait elle-même en quelques instants. L'eau était limpide mais suffisamment profonde, même si près de la côte, pour que Roy n'en voie pas le fond. Plus près de la rive, par contre, à la limite du miroitement, il devinait les formes floues des branches et des pierres sous la surface.

Son père portait une chemise de chasse en flanelle rouge et un pantalon gris. Il n'avait pas de chapeau, bien que l'air fût plus frais que ne l'avait anticipé Roy. Le soleil brillait sur son crâne, même d'aussi loin il le voyait scintiller sur ses cheveux fins. Son père plissait les yeux dans la lueur éclatante du matin, mais un côté de sa bouche était relevé en un sourire. Roy avait envie de le rejoindre, de poser pied à terre et d'inspecter leur nouvelle maison, mais il restait deux allers-retours avant qu'il puisse y aller. Ils avaient empaqueté leurs habits dans des sacs-poubelle, ainsi que leurs vêtements de pluie, leurs bottes, leurs couvertures, deux lampes, davantage de nourriture et des livres. Roy avait une caisse pleine de manuels scolaires. Ce serait une année entière d'enseignement à domicile — maths, anglais, géographie, sciences sociales, histoire, grammaire et physique-chimie niveau 4e, qu'il mènerait à bien allez savoir comment puisque les cours impliquaient des expériences et qu'ils n'avaient pas l'équipement nécessaire. Sa mère avait posé la question à son père, qui n'avait formulé aucune réponse claire. Sa mère et sa sœur lui manquèrent soudain, et les yeux de Roy s'embuèrent, mais il aperçut son père qui repoussait l'embarcation sur la plage de galets et il s'obligea à se calmer.

Lorsqu'il grimpa enfin à bord et qu'il lâcha le flotteur de l'hydravion, le dépouillement du lieu le frappa. Ils n'avaient plus rien à présent et, tandis qu'il tournait la tête et regardait l'appareil effectuer un petit cercle derrière lui, grincer avec violence et décoller dans une gerbe d'eau, il sentit à quel point le temps allait être long, comme s'il était fait d'air et pouvait se comprimer et s'arrêter.

Bienvenue dans ton nouveau foyer, fit son père avant de poser la main sur la tête de Roy, puis sur son épaule.

Avant que le bruit de l'avion n'eût disparu, ils avaient déjà débarqué sur la plage de galets sombres, et le père de Roy, en cuissardes, descendait pour tirer la proue du Zodiac. Roy mit pied à terre et tendit la main pour empoigner une caisse.

Laisse ça pour l'instant, fit son père. On va attacher le bateau et explorer le coin.

Rien ne va entrer dans les caisses ?

Non. Viens là.

Ils avancèrent dans l'herbe haute jusqu'aux tibias, d'un vert brillant sous le soleil, puis le long d'un sentier qui traversait un bosquet de cèdres jusqu'à la cabane. Celle-ci était grise et battue par les vents, mais assez récente. Son toit était pentu pour éviter les amoncellements de neige, et la structure tout entière ainsi que le porche étaient surélevés à deux mètres au-dessus du sol. Elle ne possédait qu'une porte étroite et deux petites fenêtres. Roy observa le tuyau du poêle qui dépassait en espérant qu'il y aurait aussi une cheminée.

Son père ne le fit pas entrer dans la cabane,

il la contourna par un chemin qui continuait en direction de la colline.

Les toilettes extérieures, dit son père.

Elles étaient grandes comme un placard, surélevées elles aussi, et accessibles par des marches. Bien qu'elles soient situées à environ trente mètres de la cabane, ils devraient les utiliser par temps froid, dans la neige hivernale. Son père poursuivit le long du sentier.

On a une belle vue de là-haut, fit-il.

Ils arrivèrent à un point en surplomb au beau milieu des orties et des baies sauvages, écrasant sous leurs pas la terre recouverte de végétation depuis la dernière fois qu'elle avait été foulée. Son père était venu quatre mois plus tôt pour visiter les lieux avant d'acheter. Il avait ensuite convaincu Roy, la mère de Roy et l'école. Il avait vendu son cabinet et sa maison, avait échafaudé ses projets et acheté leur matériel.

Le sommet de la colline était envahi d'herbe au point que Roy n'était pas assez grand pour avoir une vue dégagée des alentours, mais il apercevait le bras de terre pareil à une dent scintillante qui jaillissait de l'eau agitée et un autre bras de mer menant à une île lointaine, à un rivage, à l'horizon, l'air limpide et clair, les distances impossibles à évaluer. Il voyait le faîte de leur toit en contrebas, non loin de là, et en bordure de la baie, l'herbe et la plaine qui s'étendaient sur trente mètres à peine depuis la rive, interrompues par le flanc escarpé de la montagne dont le sommet disparaissait dans les nuages.

Personne à des kilomètres à la ronde, dit son père. D'après ce que je sais, nos voisins les plus proches sont à trente kilomètres d'ici, un petit lot de trois cabanes dans une baie comme celle-ci. Mais ils sont sur une autre île, j'ai oublié laquelle.

Roy ne savait pas quoi dire, alors il ne disait rien. Il ne savait pas comment les choses tourneraient.

Ils redescendirent à la cabane enveloppés par le parfum doux-amer d'une plante, une odeur qui rappelait à Roy son enfance à Ketchikan. En Californie, il avait beaucoup repensé à Ketchikan et à la forêt humide, il avait cultivé dans son imaginaire et dans ses vantardises auprès de ses amis l'image d'un endroit sauvage et mystérieux. Mais à présent qu'il était de retour, l'air y était plus froid et la végétation certes luxuriante, mais rien qu'une simple végétation, et il se demanda à quoi ils passeraient leur temps. Les choses étaient crûment ce qu'elles étaient et rien d'autre.

Ils montèrent sous le porche, accompagnés par le bruit sourd de leurs bottes. Son père actionna le loquet de la porte, qu'il poussa pour laisser passer Roy en premier. Lorsque Roy entra, il sentit le cèdre, l'humidité, la terre et la fumée, et il fallut plusieurs minutes à ses yeux pour s'accoutumer à l'obscurité et distinguer autre chose que la silhouette des fenêtres. Il commençait à voir les poutres au-dessus de lui, et à quel point le plafond était haut, à quel point les planches aux nœuds sciés et à l'air rugueux des murs et du sol étaient tout de même douces au toucher.

Tout a l'air neuf, dit-il.

C'est une cabane bien construite, fit son père. Le vent ne traverse pas les murs. On sera à l'aise tant qu'on aura du bois pour le feu. On a tout l'été pour se préparer. On mettra de côté du saumon séché et fumé, on fera des confitures et on salera de la viande de cerf. Tu ne vas pas croire tout ce qu'on va faire.

Ce jour-là, ils commencèrent par nettoyer la cabane. Ils balayèrent et dépoussiérèrent, puis le père emmena Roy avec un seau le long d'un sentier, jusqu'à un ruisseau qui se jetait dans la baie. Le cours d'eau courait, profond, entre les herbes de prairie et effectuait trois ou quatre méandres dans la végétation avant de rouler dans les galets et de laisser un léger dépôt de sable, poussière et débris dans l'eau salée. Des insectes aquatiques se mouvaient à la surface, et des moustiques.

C'est l'heure de la dope à bestioles, dit son père.

Ils grouillent de partout, fit Roy.

Toute l'eau fraîche qu'on voudra, déclara son père avec fierté comme s'il avait lui-même installé le ruisseau. On aura toujours de quoi boire.

Ils s'appliquèrent du produit antimoustique sur le visage, les poignets et la nuque, puis terminèrent de nettoyer la cabane à l'eau de Javel pour éliminer la moisissure. Ils séchèrent le tout avec des chiffons et commencèrent à rentrer leur matériel.

La cabane était composée d'une grande pièce avec poêle et fenêtres et d'une arrière-salle, ou plutôt d'une salle de côté, sans ouverture sur l'extérieur mais équipée d'un grand placard.

On va dormir dans celle-ci, fit son père, dans la grande pièce, près du poêle. On mettra nos affaires dans l'autre.

Ils y portèrent l'équipement et rangèrent sur les étagères le matériel précieux qui devait rester au sec coûte que coûte. Ils déposèrent la nourriture et les conserves le long de la cloison, les aliments séchés dans des sacs en plastique au milieu de la pièce, leurs vêtements et leurs affaires de nuit près de la porte. Puis ils partirent ramasser du bois.

Il nous faut du bois mort, dit le père de Roy. Mais il ne sera pas sec, alors il faudra peut-être se contenter d'en rassembler un petit tas qu'on rentrera, et ensuite on construira un abri contre le mur arrière de la cabane.

Ils avaient emporté des outils, mais Roy avait le sentiment que son père improvisait en chemin. L'idée qu'il n'ait pas pensé à l'avance au bois sec effrayait Roy.

Ils rapportèrent un tas de branches mal assorties qu'ils empilèrent près du poêle, puis ils firent le tour de la cabane et découvrirent qu'un pan du mur s'avançait pour former une sorte de coffre destiné au bois.

Eh bien, fit le père de Roy, je n'étais pas au

courant. Mais tant mieux. Par contre, il nous faudra davantage de place. Ça, c'est suffisant pour un séjour d'été ou un week-end de chasse. On aura besoin de quelque chose tout le long du mur. Roy s'inquiétait des planches, des pieux et des clous. Il n'avait vu aucun bois de construction.

Il nous faudra des bardeaux, dit son père. Ils restaient là, côte à côte, les bras croisés et les yeux rivés sur le mur. Des moustiques bourdonnaient autour d'eux. Il faisait froid à l'ombre, bien que le soleil fût haut dans le ciel. Ils auraient tout aussi bien pu être en train de discuter d'un éventuel bourbier dans lequel Roy se serait collé, tant ils regardaient avec détachement l'objet de leur préoccupation.

On pourra utiliser des branches ou des petits arbres, ou n'importe quoi qui fasse office de poteau, dit son père. Mais il nous faudra un toit, et il devra déborder de beaucoup pour protéger le bois de la pluie ou de la neige qui tombera en biais.

Cela semblait impossible. Tout semblait impossible aux yeux de Roy, ils étaient terriblement mal préparés. Est-ce qu'il y a des vieilles planches dans les parages ? demanda-t-il.

Je ne sais pas, fit son père. Tu n'as qu'à faire un tour vers les toilettes et je jetterai un œil par ici.

Roy se sentait mis sur un pied d'égalité avec son père. Aucun d'eux ne savait quoi faire et ils allaient devoir apprendre ensemble. Il grimpa la courte distance qui le séparait des toilettes et vit les plantes déjà piétinées lors de leur précédent passage. Ils creuseraient des sentiers à tous les niveaux, partout où ils iraient. Il contourna la petite cabane et mit le pied sur une planche enfouie sous la végétation. Il s'en saisit, en essuya la terre, l'herbe et les insectes, et comprit qu'elle était pourrie. Il la brisa en deux entre ses mains. À l'intérieur des toilettes se trouvaient un rouleau de papier hygiénique piqueté de tâches d'humidité sur les bords et une lunette clouée sur un banc en bois, et l'odeur était différente de celle des WC portables, rien à voir avec les produits chimiques ou le plastique chaud. Ça sentait la vieille merde, le vieux bois, la moisissure, la vieille pisse et la fumée. L'endroit était sale, moite et des toiles d'araignée en infestaient les coins. Il devina deux planches de soixante ou quatre-vingts centimètres de long rangées derrière les toilettes, mais il ne voulut pas les attraper car il ne voyait pas très bien dans l'obscurité et il ne savait pas à quoi elles avaient pu servir, ni s'il n'y avait pas quelques veuves noires tapies dessous. La fille d'un voisin de son père, à Fairbanks, avait été piquée par une famille entière de veuves noires quand elle avait glissé son pied dans une vieille chaussure au grenier. Elles l'avaient toutes attaquée, à six ou sept, mais elle avait survécu. Elle avait été malade pendant plus d'un mois. Ou peut-être n'était-ce qu'une histoire. Mais Roy sortit à la hâte. Il sauta en arrière et laissa claquer la porte derrière lui tandis qu'il s'essuyait les mains sur son jean et reculait.

T'as trouvé un truc intéressant là-haut ? cria son père.

Non, répondit-il en se détournant des toilettes. Deux petites planches, peut-être, mais je ne sais pas à quoi elles ont pu servir.

Comment sont les toilettes ? Son père souriait quand Roy arriva à sa hauteur. Ça va te donner envie d'y aller ? Pour la grosse commission ?

Pas question. Ça me fout les jetons, cet endroit.

Attends d'avoir les fesses qui pendent au-dessus du vide.

La vache ! fit Roy.

J'ai trouvé des planches sous la cabane, dit son père. Pas en très bon état mais utilisables. On dirait bien qu'on va devoir en fabriquer nous-mêmes. T'as déjà fabriqué des planches ?

Non.

J'ai entendu dire que c'était faisable.

Super. Il vit que son père souriait.

Première leçon à domicile, fit son père. Fabrication de planches pour débutants.

Ils coupèrent donc ce qu'ils avaient déjà et parcoururent la forêt à la recherche de bâtons, ainsi que d'un rondin ou d'un tronc d'arbre suffisamment large et frais pour leur permettre de le scier en planches. La forêt baignait dans une lueur tamisée et dans un silence total, à l'exception de l'eau qui ruisselait et du bruit de leurs bottes et de leur respiration. Un peu de vent dans les branches au-dessus d'eux, mais rien de régulier. De la mousse épaisse poussait à la base des troncs et sur leurs racines, et d'étranges fleurs que Roy se rappelait maintenant avoir vues à Ketchikan se dressaient, incongrues, sur des parcelles derrière les arbres, sous les fougères et au beau milieu d'une sente de gibier, en touffes écarlates et violet foncé, sur des tiges aussi épaisses que des racines à l'aspect cireux. Du bois mort jonchait les alentours, mais toutes les branches tombées étaient pourries et se désagrégeaient au moindre contact en de petits morceaux rouge sombre ou marron. Il se souvint des orties juste à temps pour ne pas toucher leurs feuilles poilues pareilles à de la soie, et il se souvint de ce qu'ils appelaient des langues de bœuf sur les arbres, bien que ce nom lui semblât désormais bizarre. Il les faisait sauter à coups de pierre et les rapportait à la maison pour graver leur surface blanche et lisse. Mais surtout, il se rappelait le sentiment qu'il avait d'être sans cesse observé.

Il resta près de son père lors de ce premier voyage. Il s'inquiétait qu'aucun d'eux n'ait emporté de fusil. Il guettait une trace d'ours, espérant à moitié en voir une. Il devait constamment se raisonner afin de se rappeler qu'il cherchait du bois.

On va devoir abattre un arbre, fit son père. On n'en trouvera pas d'assez bien par terre. La pourriture s'installe trop vite. Alors, est-ce que ça commence à te revenir ? Tu te rappelles Ketchikan ?

Ouais.

C'est pas comme Fairbanks, par ici. Tout dégage une sensation différente. Je crois que j'ai vécu trop longtemps au mauvais endroit. J'avais oublié à quel point j'aime être près de l'eau, à quel point j'aime voir les montagnes se dresser comme ça, et sentir l'odeur de la forêt, aussi. À Fairbanks, il fait sec et les montagnes ne sont que des collines, et puis les arbres se ressemblent tous. Il n'y a que des bouleaux et des épicéas à perte de vue. Quand je regardais par la fenêtre, j'aurais voulu voir d'autres espèces d'arbres. Je ne sais pas à quoi c'est dû, je ne me suis jamais senti chez moi toutes ces années, je ne me suis jamais senti à ma place nulle part. Quelque chose me manquait, mais j'ai le sentiment qu'être ici avec toi va tout arranger. Tu vois ce que je veux dire ?

Son père le regardait, mais Roy ne savait pas comment discuter avec lui sur ce ton. Ouais, fit-il, mais il ne voyait pas. Il ne comprenait pas ce que racontait son père ni pourquoi il parlait ainsi. Et si les choses ne se passaient pas comme son père disait qu'elles allaient se passer ? Que feraient-ils alors ?

Ça va ? demanda le père en passant son bras sur les épaules de son fils. On sera bien ici. OK ? Je ne faisais que parler, rien de plus. OK ?

Roy acquiesça et se dégagea de l'étreinte paternelle pour continuer à chercher du bois.

Ils rapportèrent à la cabane le peu qu'ils avaient trouvé, ce qui ne faisait pas grand-chose, et son père sortit la hache, mais il observa le ciel et changea d'avis. Tu sais quoi ? L'après-midi est déjà bien avancé, on doit manger et installer nos matelas et le reste, alors ça peut peut-être attendre demain.

Ils prirent le bois sec rangé dans le coffre derrière la cabane, découvrant au passage l'existence d'une porte qui donnait directement accès à l'intérieur, et en utilisèrent une partie pour allumer le poêle.

Il nous servira aussi de chauffage, dit son père. Il va nous garder bien au chaud et on pourra le laisser brûler doucement toute la nuit si on ferme les bouches d'aération.

On en aura bien besoin, fit Roy. Même s'il savait que cela n'aurait rien à voir avec Fairbanks. La température descendrait rarement au-dessous de moins vingt degrés. C'était ce que son père avait promis à tout le monde. Il s'était assis dans leur salon, les coudes sur les genoux, et il avait expliqué comme tout serait facile et sans danger. La mère de Roy avait fait remarquer que les prédictions de son père s'étaient souvent révélées fausses. Quand il avait protesté, elle avait parlé de ses projets de pêche commerciale, de son investissement dans une quincaillerie, de ses divers cabinets de dentiste. Elle n'avait pas mentionné ses deux mariages, mais c'était clairement sous-entendu. Son père avait ignoré tout cela et répondu que les températures se maintiendraient la plupart du temps au-dessus de zéro.

Une fois le feu démarré, Roy alla chercher des conserves de chili dans l'autre pièce, et son père lui demanda aussi du pain pour le faire griller sur le poêle. Il faisait sombre à l'intérieur de la cabane, bien que l'après-midi s'accrochât encore derrière les fenêtres et même si la véritable obscurité ne tomberait que bien plus tard. Il se souvenait de ça, de toutes ces soirées d'enfance où il avait été obligé d'aller se coucher alors qu'il faisait encore jour. Il n'était pas sûr des règles en vigueur, à présent, mais il lui semblait que celles concernant les devoirs et l'heure du coucher n'avaient plus lieu d'être. Il ne serait jamais débordé, n'aurait plus à se lever le matin pour aller à l'école. Et il ne verrait personne d'autre que son père.

Ils mangèrent leur chili sous le porche, laissant pendre leurs pieds engoncés dans leurs bottes. Il n'y avait pas de rambarde. Ils observaient la baie calme, le bond occasionnel d'une Dolly Varden. On ne voyait pas encore sauter les saumons, ils arriveraient plus tard dans l'été.

C'est quand déjà, la saison du saumon ?

Juillet et août, surtout, mais ça dépend de l'espèce. On pourra voir les premiers saumons roses en juin.

Ils restèrent sous le porche longtemps après avoir terminé leur repas, silencieux. Le soleil ne se couchait pas mais semblait planer longuement au-dessus de l'horizon. Quelques petits oiseaux s'ébattaient dans les buissons, puis un pygargue déboula derrière eux, la tête d'un blanc éclatant sous les rayons dorés et les plumes d'un brun crayeux. Il vola jusqu'à la pointe de la baie et se posa à la cime d'un épicéa.

C'est pas partout qu'on voit ça, fit son père.

Non.

Le soleil finit par disparaître et ils rentrèrent pour installer leurs sacs de couchage sur des matelas de camping en mousse à même le sol de la grande pièce. Roy apercevait le ciel rouge par la fenêtre étroite tandis que son père et lui se déshabillaient dans l'obscurité. Ils restèrent étendus dans leurs duvets sans trouver le sommeil. Le plafond formait une voûte au-dessus de Roy, le sol était dur sous lui, et son esprit erra jusqu'à ce qu'il finisse par sombrer dans le sommeil, avant de revenir à lui lorsqu'il comprit que son père pleurait doucement, dissimulant le bruit de ses sanglots étouffés. La pièce était si petite et Roy ne savait pas s'il pouvait prétendre n'avoir rien entendu, mais il fit comme si de rien n'était et demeura éveillé une heure encore, lui sembla-t-il, et son père pleurait toujours, mais Roy était exténué. Il cessa d'entendre ses sanglots et s'endormit.

Au matin, son père faisait griller des pancakes et chantait doucement *King of the Road*. Il entendit Roy se réveiller et baissa les yeux vers lui en souriant. Il haussa plusieurs fois les sourcils. Des crêpes et de la crème de champignons ? demanda-t-il.

Ouais, fit Roy. Ça serait génial. C'était comme s'ils étaient simplement partis camper.

Son père lui tendit une fourchette et une grande assiette de pancakes noyés sous la sauce aux champignons que Roy mit de côté le temps d'enfiler son jean, ses bottes et son blouson, puis ils sortirent ensemble sous le porche pour manger.

La matinée était déjà bien avancée, une brise soufflait depuis la baie et formait des vaguelettes sur l'eau à la surface opaque.

Tu as bien dormi ? demanda son père.

Roy ne le regardait pas. Il avait l'impression que son père cherchait à savoir s'il l'avait entendu pleurer, mais il avait formulé sa question sur le ton de la conversation. Et Roy avait fait semblant de dormir, alors il répondit : Ouais, j'ai plutôt bien dormi.

La première nuit dans ta nouvelle maison, fit son père.

Ouais.

Ta mère et Tracy te manquent ?

Ouais.

Eh bien, ce sera probablement encore le cas un bout de temps, jusqu'à ce qu'on soit bien installés.

Roy avait du mal à croire qu'il allait pouvoir s'installer confortablement au point de ne plus se languir de sa mère et de sa sœur. Ils rentreraient de temps en temps. Ç'avait été une autre promesse de son père. Ils rentreraient leur rendre visite tous les deux ou trois mois, et deux semaines à Noël. Et il y avait la radio. Ils pourraient faire passer des messages en cas de besoin, et ils pourraient en recevoir.

Ils mangeaient en silence. Les pancakes étaient un peu brûlés et l'un d'eux, trop épais, était mal cuit à l'intérieur, mais la crème de champignons était bonne. L'air était frais, le soleil commençait à chauffer plus fort. C'était comme dans *La Petite Maison dans la prairie*, ils se tenaient assis là, sous le porche sans rambarde, leurs bottes pendant dans le vide, sans personne à des kilomètres à la ronde. Ou peut-être pas comme dans la série, plutôt comme s'ils étaient des chercheurs d'or. Ils auraient très bien pu vivre dans un autre siècle.

Ça me plaît, fit Roy. J'aimerais que le temps reste chaud et ensoleillé toute l'année.

Son père sourit. Pour encore deux ou trois mois, du moins. Mais tu as raison. C'est la belle vie.

On va commencer à pêcher ?

J'y pensais justement. On devrait s'y mettre ce soir, après avoir bossé encore un peu sur l'abri à bois. Et on construira aussi un petit fumoir.

Ils déposèrent la vaisselle dans le minuscule évier et Roy alla aux toilettes. Il maintint la porte ouverte avec un pied et inspecta du mieux qu'il put le contour de la lunette, mais il se résigna finalement à s'y installer en espérant que rien ne viendrait le mordre pendant son affaire.

Lorsqu'il revint, son père empoigna la hache et la scie et ils partirent en quête d'arbres à planches. Arpentant la forêt, ils observaient les troncs mais en cet endroit poussaient surtout des sapins de dix à quinze centimètres de large à peine. Plus loin, derrière la ravine, les arbres étaient encore plus rabougris, alors ils firent demi-tour et longèrent la rive jusqu'au petit bras de terre où s'élevait un bosquet d'épicéas plus grands. Son père commença à taillader la base d'un arbre qui poussait vers l'intérieur des terres, à mi-chemin de la pointe.

Je ne veux pas gâcher notre vue, dit-il. Il vint à l'esprit de Roy que déboiser cette parcelle était peut-être illégal, parce qu'ils se trouvaient dans une sorte de parc national, mais il ne fit aucun commentaire. Son père avait tendance à ignorer la loi quand il s'agissait de chasse, de pêche et de camping. Un jour, il avait même emmené Roy chasser dans la banlieue de Santa Rosa, en Californie. Ils n'avaient qu'une carabine à plomb et ils tiraient les colombes et les cailles sur un terrain qu'ils avaient découvert, près de la route mais suffisamment en retrait. Quand le propriétaire était arrivé, il n'avait rien dit mais il les avait dévisagés jusqu'à ce qu'ils remontent dans leur voiture et s'éloignent.

Roy prit le relais avec la hache. Il sentait une onde de choc lui parcourir les bras à chaque impact, et il remarqua à quel point les copeaux qui se détachaient de la base du tronc étaient blancs.

Regarde bien de quel côté il va tomber, lui dit son père. Trouve son point d'équilibre.

Roy s'interrompit et observa l'arbre, puis il le contourna de moitié et assena les deux derniers coups. L'arbre s'abattit à l'opposé d'eux en s'écrasant à travers les branches et les feuilles tandis que les troncs voisins frémissaient sous le choc, l'air de badauds tremblants et sidérés attroupés autour d'un horrible spectacle, puis un étrange silence s'installa.

Bien, fit son père, on devrait en avoir assez pour fabriquer quelques planches.

Ils le dénudèrent de ses branches qu'ils entassèrent pour en faire plus tard du petit bois, et peut-être un arc et des flèches, se dit Roy. Ils se placèrent chacun à une extrémité pour porter le tronc jusqu'à la cabane, mais il était bien plus lourd qu'ils ne s'y étaient attendus, alors ils le débitèrent en plusieurs tronçons d'environ soixante centimètres de long, avec deux sections plus longues pour fabriquer les planches qui composeraient les parois du fumoir. Ils transportèrent les morceaux à l'arrière de la cabane et restèrent un moment à les observer.

On n'a pas les outils nécessaires.

Non, fit Roy. On va devoir utiliser la hache, la scie ou autre chose. Qu'est-ce qu'on utilise d'habitude pour fabriquer des planches ?

Je ne sais pas. Une sorte d'outil qu'on n'a pas. Mais je pense qu'on peut les caler à la verticale et les scier.

Ils tentèrent de fabriquer une planche de cette

manière. Ils levèrent la bûche à la verticale, placèrent la scie à quelques centimètres du bord et commencèrent à scier lentement en s'efforçant d'être réguliers.

Les planches auront toutes une taille différente, dit Roy.

Ouaip.

Ce procédé s'avéra plus long que prévu et ne fonctionnait pas si bien que ça, et puis il ne pouvait occuper qu'une personne puisqu'ils n'avaient qu'une seule scie, alors Roy alla chercher l'équipement de pêche et assembla leurs cannes sous le porche. Sur chacune il fixa un leurre avec un émerillon un mètre plus haut, puis il contourna de nouveau la cabane. Son père s'escrimait toujours sur la première planche.

Il ne leva pas les yeux et continua à s'affairer. Sa respiration formait de petits nuages dans l'air froid et son visage était aussi maigre que celui d'un oiseau — avec des petits yeux enfoncés dans leur orbite, des lèvres minces, un nez qui paraissait crochu en cet instant, et des cheveux fins qui ressemblaient à des plumes ébouriffées.

J'ai préparé les cannes, dit Roy.

Attrape-nous-en un gros, fit son père qui leva la tête un instant. Et prépare ensuite tes mains à un peu de sciage. Je me rends compte que ce boulot va nous occuper pour les quatre prochains mois.

Roy sourit. D'accord. Je reviens.

La pointe était plus ventée. Roy se tenait sur le rivage où s'écrasaient des vagues de près d'un mètre de haut et il apercevait des moutons au large. Il n'avait pas remarqué à quel point leur petite crique était abritée. Il arpenta la rive quelques minutes en observant les galets blancs polis et la rangée d'arbres qui se dressait derrière lui sur un tertre d'herbe, de terre et de racines qui bordait la plage de tous côtés et était exposé aux intempéries de toute part. Il ne comprenait pas comment la terre pouvait rester en place, mais quand il se pencha, il vit que ce n'était qu'une couche de mousse et de racines. Il pensa aux ours et scruta les alentours, il n'en aperçut aucun signe mais retourna vers la pointe en vue de la cabane, puis il lança son leurre dans l'embouchure de la baie pour attraper les saumons qui y remonteraient en bondissant ou qui descendraient vers le large.

Il ne pouvait voir ni son leurre ni aucun poisson et il se rappela les journées passées dans les criques de Ketchikan, debout à la proue du bateau de son père, entouré de poissons qui grouillaient sous la surface. Ce serait le cas ici dans quelques mois, mais il espérait tout de même pouvoir en attraper un précoce.

Quelque chose finit par mordre, une Dolly Varden — un éclair blanc suivi d'une tension. Il la remonta facilement sur les galets doux où elle haleta, ensanglantée, puis il retira l'hameçon et lui écrasa la tête et elle mourut. Voilà longtemps qu'il n'avait pas attrapé de poisson, presque un an. Il se pencha pour l'observer et regarder ses couleurs se faner.

Tu es née de ces galets, et à ces galets tu retourneras, dit-il en souriant. Ainsi deviens-tu déjeuner.

Il empila des cailloux autour d'elle pour éviter qu'un pygargue ne l'emporte, et il repensa à son dernier cours d'anglais, aux pièces de théâtre qu'ils avaient jouées, à celle de cette année, à laquelle il ne participerait pas. Il n'avait aucun ami ici et il n'y avait pas de filles dans les environs.

Lançant son leurre dans l'embouchure, encore et encore, il pensait aux filles de son école, à une en particulier qu'il avait embrassée sur le chemin du retour. À cette idée, il eut une érection et il jeta un coup d'œil vers la cabane avant de ramener sa ligne et de se diriger vers les arbres, où il s'appuya à un tronc, pantalon ouvert, se masturba en imaginant leur baiser et jouit. Il avait découvert la masturbation à peine un an plus tôt et la pratiquait trois ou quatre fois par jour, mais il n'en avait pas eu l'occasion depuis leur arrivée parce que son père était toujours dans les parages.

Il s'assit au pied d'un autre arbre, il se sentait seul et pensait à toutes ses opportunités manquées.

Puis, lassé, il retourna pêcher, attrapa un poisson de la même taille que le précédent et revint auprès de son père. L'après-midi avançait, la lumière était généreuse et la vue sur la montagne magnifique tandis qu'il marchait jusqu'à la cabane.

Son père était toujours en train de scier lorsqu'il le rejoignit.

Te voilà, dit-il. Hé, on dirait bien que tu rapportes notre dîner. Des Dolly Varden, toutes les deux ?

Ouais.

Super. Puis il se mit à chanter ce qui ressemblait à une comptine marine : Oh, les Dolly Varden nagèrent jusqu'à lui et il empoigna sa canne. Il en attrapa trois qu'il rapporta chez lui et mangea dans sa cabane.

Son père souriait, content de lui. C'est pas mieux que la radio, ça ?

Carrément, dit Roy. C'était un père étrange qu'il voyait sur cette île. Je peux les faire cuire pendant que tu termines. Comment ça avance ?

Son père montra la pile. Je dirais qu'on a ici dix ou quinze des plus belles planches au monde. Toutes égales. On est très à cheval sur le contrôle de la qualité, dans notre ranch, monsieur.

Notre ranch, fit Roy. C'est pas bien grand, comme terrain.

Le bétail est plus loin au milieu de l'île.

C'est ça, répondit Roy. Je vais préparer le dîner. Il vida le poisson au bord de l'eau et regarda les boyaux flotter juste sous la surface. Pris dans les galets, ils ondoyaient d'avant en arrière au fil des vaguelettes. Ils ressemblaient à des extraterrestres. L'un d'eux paraissait avoir une paire d'yeux.

Il alluma le feu puis déposa le poisson dans une poêle avec du beurre et du poivre avant de ressortir sous le porche. Il avait l'impression d'être un pionnier, il se sentait si bien qu'il fit le tour de la cabane pour rejoindre son père, le regarder et discuter avec lui jusqu'à ce qu'il se dise que le foyer devait être assez chaud, puis il rentra, tisonna le charbon et mit le poisson à frire.

Ils mangèrent les Dolly Varden sous le porche avec du pain au levain et un peu de laitue en vinaigrette.

Profite bien de la salade, dit son père. Elle ne durera pas plus d'une semaine, après on se contentera de légumes en conserve.

On va faire pousser des trucs ?

On pourrait, dit son père. Mais il nous faudrait des graines. Je n'y ai pas pensé. On pourra demander à Tom qu'il en apporte à son prochain passage.

Tu les commanderas par radio ?

Son père acquiesça. Il faut qu'on voie si elle marche, de toute façon. Le soir, c'est le meilleur moment, on pourra peut-être l'installer après manger.

Ils regardèrent le soleil baisser dans le ciel. Il descendait trop lentement pour qu'ils le voient se coucher à l'œil nu, mais ils percevaient les changements de lumière sur l'eau et sur les arbres, l'ombre derrière chaque feuille, derrière chaque vague dans les rayons obliques qui créaient un monde en trois dimensions, comme s'ils observaient les arbres à travers le viseur d'un appareil photo.

Ils déposèrent leurs assiettes dans l'évier et apportèrent l'équipement de radio dans l'angle le plus éloigné de la pièce principale. Son père la brancha sur deux grosses batteries avant de se souvenir soudain de l'antenne.

Il faut la fixer sur le toit, dit-il. Ils sortirent pour jeter un œil et décidèrent que le projet était d'envergure et qu'ils attendraient le lendemain.

Cette nuit-là, tard, son père pleura à nouveau. Il parlait tout seul en de petits chuchotis qui ressemblaient à des gémissements, et Roy ne comprenait pas ce qu'il disait, pas plus qu'il ne saisissait l'ampleur de sa douleur ni son origine. Les phrases que prononçait son père le faisaient pleurer de plus belle, comme s'il s'y obligeait lui-même. Il se calmait un instant, se racontait quelque chose et recommençait à gémir et à sangloter. Roy ne voulait pas l'entendre. Il était effrayé et déstabilisé, et il n'avait aucun moyen d'en parler, ni la nuit ni le jour. Il fut incapable de trouver le sommeil avant que son père ne se soit tu et endormi.

Au matin, Roy se rappelait les pleurs et il lui semblait que c'était justement ce qu'il n'était pas censé faire. Par une sorte d'accord tacite pour lequel il n'avait pas été consulté, il était supposé les entendre la nuit puis, le jour venu, non seulement les oublier mais faire en sorte qu'ils n'aient jamais eu lieu. Il se mit à redouter leurs nuits ensemble, bien qu'il n'y en ait eu que deux jusqu'à présent.

Son père avait retrouvé sa bonne humeur, il faisait frire des œufs, des galettes de pommes de terre et du bacon. Roy faisait semblant de somnoler et d'avoir du mal à émerger parce qu'il voulait réfléchir et qu'il n'était pas encore prêt à rejoindre son père dans la joie et dans l'oubli.

Mais les odeurs de cuisson le poussèrent à se lever et il demanda : On va installer la radio aujourd'hui ?

Bien sûr, et l'abri à bois, le fumoir, et pourquoi pas se construire aussi un petit cottage pour l'été ?

Roy rit. C'est vrai que ça fait beaucoup.

Plus de choses à faire que d'œufs dans un saumon.

Ils mangèrent de nouveau sous le porche, Roy songeait que ce serait bien plus compliqué par mauvais temps, qu'ils devraient se tasser dans la petite pièce à l'intérieur de la cabane. Ce matin-là, si couvert fût-il, était tout de même suffisamment chaud pour qu'il puisse sortir en sweat-shirt. Il se souvenait qu'à Ketchikan aussi le temps était souvent à la pluie et à la grisaille. Il aimait voir ses effets sur l'eau, voir sa surface virer au gris en fusion, la mer devenir plus lourde que tout, trop opaque pour qu'on en devine le fond, et voir les saumons et les flétans bondir par-dessus les vagues.

Après le petit déjeuner, ils entreprirent d'installer l'antenne mais ne trouvèrent pas d'accès au toit. Ils n'avaient pas d'échelle et il n'y avait pas de rebord, rien où s'accrocher. Son père recula et fit plusieurs fois le tour de la cabane.

Eh bien, dit-il, sans échelle, je ne pense pas qu'on puisse y grimper. Et même si on en avait une, je ne sais pas si elle monterait assez haut.

Ils accrochèrent donc l'antenne sur la bordure du toit. L'antenne n'était de toute façon constituée que d'une longue corde sur une bobine, alors cette solution semblait appropriée. Mais quand son père eut allumé la radio et testé la réception, ils ne captèrent aucun son distinct. Rien que des parasites, un tic-tac et des bruits étouffés qui rappelaient à Roy de vieilles séries de science-fiction en noir et blanc, *Ultraman* ou *Flash Gordon*. Et c'était censé être leur unique contact avec le reste du monde.

On va pouvoir parler à quelqu'un ? demanda Roy.

J'y travaille, fit son père, impatient. Baisse l'antenne une seconde.

Ça n'a pas l'air de changer grand-chose, ajouta Roy après quelques minutes de sons distordus.

Son père se tourna et le regarda, les lèvres serrées. Va donc t'occuper ailleurs un moment, tu veux bien ? Tu n'as qu'à aller scier des planches.

Roy alla à l'arrière de la cabane, il regarda les planches et commença à en scier une, mais il n'était pas d'humeur, alors dans une des branches coupées il trouva une fourche formant un angle de quarante-cinq degrés. Il en scia environ vingt centimètres à chaque extrémité et tailla le bois avec son couteau de poche pour en faire un bâton à lancer. Il se demanda s'il y avait des lapins ou des écureuils dans la région. Il ne s'en souvenait pas. Il fabriquerait aussi un harpon, et un arc et des flèches, et une hache en pierre.

Il s'affaira sur le bâton, aplanissant les côtés, arrondissant les extrémités, jusqu'à ce que son père arrive et annonce : Je n'arrive pas à faire marcher ce satané machin, avant de voir ce que faisait Roy. Il s'arrêta. C'est quoi, ça ?

Je fabrique un bâton à lancer.

Un bâton à lancer ? Son père se détourna, puis lui fit à nouveau face. D'accord. Très bien. Peu importe. Tu sais, je commence déjà à perdre la boule. Et l'idée c'était quand même de se détendre et de découvrir un nouveau mode de vie, alors très bien. On arrête ce chantier et on fait une pause.

Il observa Roy, qui se demandait si son père s'adressait vraiment à lui.

Pourquoi ne pas partir en balade ? demanda-t-il. Sors ta carabine et des munitions. On va aller explorer le coin, aujourd'hui.

Roy ne répondit rien car cet arrangement lui semblait bien trop incertain. Il n'était pas convaincu qu'il n'y aurait pas un nouveau plan d'action d'ici quelques minutes. Mais son père rentra dans la cabane, et quand Roy lui emboîta le pas, il sortait déjà sa propre carabine de son étui, alors Roy alla chercher la sienne et mit quelques munitions dans sa poche avant d'attraper son bonnet et son blouson.

Tu ferais bien d'emporter aussi ta gourde, dit son père.

Il était presque midi quand ils partirent. Ils pénétrèrent dans la forêt de sapins et empruntèrent une sente de gibier qui serpentait dans les collines jusqu'à une étendue d'épicéas et de cèdres au pied de la montagne. La piste qu'ils suivaient s'arrêtait net et ils se frayèrent ensuite un chemin à travers les buissons de myrtilles et autres végétations basses en s'efforçant de poser les pieds sur les broussailles. Le sol était irrégulier, spongieux et ponctué de trous. Ils longèrent un nouveau bosquet de sapins et se reposèrent en observant la vue sur la baie. Ils étaient tous deux essoufflés, à déjà plus de trois cents mètres au-dessus de leur cabane, et le flanc de la montagne était si escarpé qu'ils ne pouvaient en apercevoir le sommet, seulement la courbe de son versant. La cabane semblait minuscule, sa présence difficile à concevoir.

Les autres îles, fit son père. On les voit bien mieux d'ici.

Et le continent ?

Il est loin derrière nous, derrière l'île du Prince-de-Galles et quelques autres îles, je crois. À l'est. Ça c'est un truc qu'on ne verra pas souvent, les levers de soleil. On est à l'ombre jusqu'au milieu de la matinée.

Ils restèrent un moment à admirer la vue avant de récupérer leurs carabines et de reprendre leur ascension. Des petites fleurs des champs craquaient sous leurs bottes et sous leurs mains, et aussi de la mousse, des myrtilles encore vertes et d'autres plantes étranges. Roy ne voyait aucun animal alentour, quand il aperçut soudain un écureuil rayé sur une pierre.

Attends, Papa, dit-il, et son père se retourna. Roy ramena son bras en arrière et lança son bâton. Le projectile manqua l'écureuil d'au moins trois mètres, rebondit plusieurs fois et s'arrêta une quinzaine de mètres plus bas.

Oh, zut, fit-il avant de laisser sa carabine pour aller récupérer le bâton et remonter.

Je crois qu'il ne faudra pas compter sur ce machin pour nous procurer à manger, dit son père.

Tandis qu'ils continuaient à monter, ils commencèrent à entendre davantage le vent et quelques petits oiseaux voletèrent devant eux. Il n'y avait toujours aucune trace d'un sentier.

On va où ? demanda Roy.

Son père continua à marcher un moment avant de répondre. Je dirais qu'on grimpe vers le sommet et qu'on explore les alentours.

Un peu plus haut, ils finirent par atteindre les nuages. Ils s'arrêtèrent et regardèrent vers le bas et la vallée. Partout le ciel était couvert, sans aucune lumière étincelante, mais les zones de basse altitude étaient vierges de brouillard et de nuages, et plus chaudes. Ici, en hauteur, une immense étendue nuageuse descendait du sommet avant d'être soufflée par le vent. Au-dessus d'eux, seuls quelques contours flous, tout le reste du paysage était opaque. Le vent était plus puissant ici, l'air plus humide et bien plus froid.

Alors ? fit son père.

Je ne sais pas, dit Roy.

Ils continuèrent toujours plus haut à travers les nuages et le froid sans trouver de sentier. En chemin, Roy essayait de deviner les silhouettes d'ours, de loups et de gloutons autour de lui. Le nuage les emprisonnait dans leurs propres sons, lui et son père, si bien qu'il pouvait entendre sa respiration et le sang qui battait contre ses tempes comme s'il se tenait à l'extérieur de son corps, ce qui renforçait son sentiment d'être constamment observé, traqué même. Les pas de son père devant lui résonnaient bruyamment. La peur l'envahissait au point qu'il ne respirait plus qu'en halètements saccadés et n'osait demander à faire demi-tour.

Son père poursuivait sa route sans se retourner. Ils grimpèrent au-dessus de la limite des arbres, à travers la végétation basse et dense jusqu'à une mousse fine et une herbe courte et drue parsemée çà et là de petites fleurs pâles. Ils marchèrent sur des affleurements de rochers, puis sur des rochers tout entiers, grimpèrent sur des talus escarpés en s'agrippant au sol d'une main et en tenant leurs carabines de l'autre, jusqu'à ce que son père s'arrête enfin sur ce qui semblait être le sommet. Ils ne voyaient rien au-delà des formes blafardes et indistinctes qui disparaissaient six mètres plus bas, comme si le monde s'interrompait en une falaise autour d'eux et qu'il n'y avait rien de plus au-dessus. Ils restèrent là un long moment, suffisamment longtemps pour que Roy retrouve sa respiration et que sa chaleur corporelle s'échappe, lui laissant le dos et les jambes glacés, suffisamment longtemps pour que les battements de son sang cessent de lui marteler les oreilles et qu'il puisse entendre le vent souffler au sommet de la montagne. Il faisait froid mais l'endroit dégageait un certain réconfort dans la façon dont il les enveloppait. La grisaille envahissait tout le paysage et ils en faisaient partie intégrante.

La vue n'est pas géniale, dit son père. Puis il tourna les talons et ils redescendirent par où ils étaient arrivés. Ils ne parlèrent qu'une fois sortis des nuages.

Son père observa le col de basse altitude qui s'étendait vers la crête voisine, puis le paysage qui se déroulait au-delà, d'autres montagnes lointaines aux contours incertains dans la brume. Peut-être qu'on devrait redescendre. Il ne fait ni chaud ni très clair, et il n'y a pas l'air d'y avoir beaucoup de sentiers.

Roy acquiesça et ils poursuivirent à travers la végétation basse jusqu'à la petite forêt, au pied de la montagne, et le long de la piste de gibier jusqu'à leur cabane. Quand ils arrivèrent, quelque chose clochait. La porte pendait sur un de ses gonds et des déchets étaient éparpillés sous le porche.

Nom d'un…, fit son père, et ils s'approchèrent au pas de course avant de ralentir aux abords de la cabane.

Ça devait être des ours, dit son père. Ce sont nos provisions, étalées sur les marches.

Roy apercevait les sacs déchiquetés de nourriture déshydratée, les conserves répandues dans l'embrasure de la porte jusqu'à l'herbe devant le porche.

Ils sont peut-être encore à l'intérieur, fit son père. Glisse une balle dans la chambre de ta carabine et enlève la sécurité, mais ne me tire pas dessus, maintiens le canon vers le sol. Compris ?

Compris.

Ils chargèrent leurs armes et avancèrent lentement vers la cabane jusqu'à ce que son père s'approche seul, frappe le mur et crie, puis attende sans que rien ne bouge ni n'émette un son.

Ils n'ont pas l'air d'être encore là, dit-il, mais on ne sait jamais. Il gravit les marches du porche, repoussa la porte cassée du canon de sa carabine et essaya de jeter un œil à l'intérieur. Il fait tout noir là-dedans, dit-il. Et les ours sont noirs. Ça ne me plaît pas du tout. Mais il finit par poser un pied à l'intérieur, puis ressortit à la hâte pour rentrer à nouveau plus lentement. Roy n'entendait rien, son sang battait à tout rompre dans ses tempes. Il imaginait son père jeté par la porte, l'ours à ses trousses qui lui aurait arraché son arme, et Roy tuerait l'animal d'une balle dans l'œil, d'une autre dans sa gueule ouverte, des tirs parfaits comme son père lui avait dit qu'il fallait faire pour abattre un ours avec un .30-30.

Son père émergea, sans arme, et dit que l'ours était parti. Il a tout déchiqueté, fit-il.

Roy regarda à l'intérieur, il lui fallut quelques minutes pour que ses yeux s'accoutument à l'obscurité et c'est alors qu'il vit leurs sacs de couchage déchirés, la nourriture éparpillée, la radio en pièces et des morceaux du poêle arrachés. Tout était détruit. Il ne distinguait rien qui soit encore en un seul morceau et il n'était pas sans savoir que ces provisions devaient leur permettre de vivre pendant un long moment. Ils ne pouvaient plus appeler personne, à présent, et ils n'avaient nulle part où dormir.

Je pars à sa poursuite, dit son père.

Quoi ?

Ça ne sert à rien de tout remettre en ordre s'il rôde encore dehors, il risquerait de recommencer. Et ce n'est pas prudent pour nous non plus. Il pourrait revenir chercher de la nourriture pendant la nuit.

Mais il est tard et il pourrait être n'importe où, et il faut qu'on mange et qu'on trouve dans quoi on va dormir et… Roy ne savait plus comment continuer. Le raisonnement de son père n'avait aucun sens.

Tu peux rester ici et ranger les affaires, fit son père. Je reviendrai quand j'aurai tué l'ours.

Il faut que je reste ici tout seul ?

Tout ira bien. Tu as ta carabine et je suivrai l'ours à la trace, de toute façon.

Ça ne me plaît pas du tout, dit Roy.

À moi non plus. Et son père partit. Roy resta sous le porche et le regarda disparaître sur le sentier sans parvenir à y croire. Il avait peur et se mit à parler tout haut : Comment est-ce que tu peux me laisser ici tout seul ? J'ai rien à manger et je sais même pas quand tu vas revenir.

Il était terrifié. Il se mit à faire le tour de la cabane — il aurait voulu retrouver sa mère, sa sœur, ses amis et tout ce qu'il avait laissé derrière lui — jusqu'à ce que, frigorifié et affamé, il soit obligé de rentrer, et il commença à inspecter les sacs de couchage pour voir s'ils étaient encore utilisables.

Celui de son père était encore presque en un seul morceau. Il n'avait que quelques déchirures çà et là. Mais le sien avait visiblement servi de jouet à l'ours. La partie supérieure était réduite en lambeaux et le rembourrage avait été éparpillé dans toute la pièce. La moitié inférieure était encore utilisable, pensait-il, mais le reste était irréparable.

La quasi-totalité de la nourriture était fichue. Quelques sacs de farine, de sucre et de sel étaient intacts, mais quelques-uns seulement, et le sucre brun qui devait servir à fumer les aliments avait été dévoré en intégralité. Il restait des conserves un peu cabossées, mais la plupart avaient été éventrées.

Roy replaça les morceaux du poêle jetés à terre. Il alluma un feu, déposa deux conserves de chili dans une casserole pas trop abîmée, les réchauffa et s'assit sous le porche pour attendre son père.

L'obscurité s'installa et son père n'était toujours pas rentré. Roy réchauffa le chili une fois encore et mangea les deux boîtes entières, incapable de s'arrêter. J'ai mangé ta part, s'excusa-t-il à voix haute comme si son père pouvait l'entendre.

Roy resta éveillé toute la nuit et se posta sous le porche, emmitouflé dans le sac de couchage de son père, sa carabine sur les genoux, mais son père ne revenait toujours pas. Lorsque le matin arriva, il n'avait pas fermé l'œil de la nuit, il avait faim, il se sentait malade et frigorifié, et il finit par rentrer dans la cabane.

La radio n'était pas trop endommagée. On s'était juste assis dessus ou quelque chose dans le genre. Mais si ça se trouvait, elle n'allait peut-être plus fonctionner. Roy n'en savait rien. Il aurait voulu faire quelque chose, quelque chose d'utile, mais il ne s'y connaissait pas du tout en radio. Alors il ressortit en bottes, blouson chaud, bonnet et gants, qui étaient tous encore en bon état, et il s'attela à scier des planches. Il gardait son arme à portée de main, une balle insérée dans la chambre, prêt à tirer, et il sciait, tenté à plusieurs reprises de tirer quelques coups en l'air. Son père rentrerait, alors, mais il serait en colère parce qu'il aurait fait feu sans raison. Il voulait simplement que son père revienne. Tout ça ne lui plaisait pas. Il ne savait pas du tout quoi faire.

L'après-midi arriva, il n'avait scié que quelques planches et une ampoule s'était formée sur son pouce. Les planches étaient terriblement difficiles à fabriquer. Ils ne devaient pas bien s'y prendre. Son père n'était pas rentré et il n'avait pas entendu de coup de feu, alors il alla écrire un mot disant : Je suis parti à ta recherche. Je serai de retour d'ici quelques heures. Je pars au milieu de l'après-midi.

Il emprunta le même sentier que son père mais se rendit très vite compte qu'il n'avait aucune idée de la direction à prendre. Il observa le sol, aperçut les légères traces qu'ils y avaient laissées la veille. Parfois une empreinte de botte, mais surtout de la terre retournée et de l'herbe écrasée. Il suivit le chemin jusqu'au pied de la montagne, mais il était impossible de repérer la moindre piste sur ce sol spongieux et il n'avait pas vu la trace d'une éventuelle bifurcation, alors il s'adossa à la montagne et s'efforça de réfléchir.

Son père ne lui avait laissé aucun indice. Il ne lui avait pas dit où il allait, ni pour combien de temps. Roy resta assis là et se mit à pleurer, puis il repartit vers la cabane. Il déchira le mot et s'installa sous le porche, d'où il regarda l'eau, puis il mangea un morceau de pain tartiné de beurre de cacahuète, parvint à récupérer un peu de confiture à l'endroit où le pot avait explosé sur les pierres en bas du porche. Des fourmis et autres insectes avaient investi la majeure partie du pot, mais il récupéra l'équivalent d'une cuillerée qui lui semblait comestible. Il retourna sous le porche, mangea sa tartine, leva les yeux vers le soleil couchant et attendit.

Son père revint juste après la tombée de la nuit. Roy l'entendit descendre le sentier et il hurla : Papa ?

Ouais, répondit doucement son père avant de monter sous le porche, de taper des pieds et de regarder Roy, la carabine sur les genoux.

Je l'ai eu, dit-il.

Quoi ?

J'ai eu l'ours, dans un ravin à deux sommets d'ici. Je l'ai eu ce matin. Tu n'as pas entendu les coups de feu ?

Non.

Bon, c'était loin.

Il est où ? demanda Roy.

Je l'ai laissé là-bas. Je ne pouvais pas le porter. Et je n'avais pas pris mon couteau. Juste le fusil. J'ai sacrément faim, maintenant. Il nous reste un peu de nourriture ? Tu as pêché quelque chose ?

Roy n'avait même pas pensé à pêcher. Il reste quelques trucs, dit-il. Je vais te réchauffer une boîte.

Ça serait super.

Roy s'appliqua à réchauffer un velouté de poulet, leur dernier, accompagné d'une boîte de maïs et d'une boîte de haricots verts. Son père avait sorti la torche et s'affairait à réparer la lampe tempête. Il a dû sentir la paraffine et y a collé un coup de patte, dit-il.

Quand la nourriture fut chaude, la lampe était à nouveau en état de marche et ils y voyaient clair dans la cabane.

Il avait l'air de quoi ? demanda Roy en posant les assiettes sur le sol.

Quoi ?

Il avait l'air de quoi, l'ours ?

D'un ours noir, pas très grand, un petit mâle. Je l'ai vu en contrebas, en fin de matinée, il farfouillait dans les buissons. Je l'ai atteint dans le dos d'une première balle qui l'a fait tomber, mais il s'est énervé et il a poussé des cris. La deuxième balle s'est logée dans son cou et l'a tué.

La vache, fit Roy.

C'était quelque chose, dit son père. La prochaine fois qu'on en aura un, il faudra le dépecer et saler la viande ou la sécher. Il reste du sel, au fait ?

Ouais, un sac entier.

Bien. On pourra aussi laisser évaporer une casserole d'eau de mer pendant une journée ensoleillée, ce qui doit arriver une ou deux fois par millénaire, par ici.

Ha, fit Roy, mais son père ne leva pas les yeux de son assiette. Il semblait épuisé. Roy l'était également. Cette nuit-là, il s'endormit presque instantanément.

Il rêva qu'il débitait des morceaux de poisson et que sur chacun d'eux se logeait une paire d'yeux, et tandis qu'il les tranchait, un gémissement s'élevait, de plus en plus fort. Il ne provenait pas des morceaux de poisson, ni de leurs yeux, mais ils l'observaient en attendant de voir ce qu'il allait faire.

Roy se réveilla au bruit de son père qui déplaçait et triait des objets dans la cabane, et qui nettoyait la pièce. Il bâilla, s'étira et enfila ses bottes.

L'ours nous a plutôt bien lessivés, fit son père.

Il faut que je répare mon sac de couchage, dit Roy. Il avait dormi tout habillé dans la moitié inférieure, emmitouflé dans son blouson, son bonnet et une petite couverture que son père avait posée sur lui.

Ouais, ça et la radio, la porte, mes vêtements de pluie et la majorité de nos provisions. Il va falloir qu'on répare ça tout de suite.

Roy ne répondit rien.

Je suis désolé, dit son père. Je suis un peu découragé, c'est tout. Il a fichu en l'air une bonne partie de nos réserves, et on aurait pu en sauver un peu hier, mais les insectes s'y sont installés, on va être obligés de tout jeter. On a des sacs de congélation, tu sais, tu aurais pu tout ranger dedans.

Désolé.

C'est pas grave. Aide-moi à trier les affaires, maintenant.

Ils se mirent à l'ouvrage et ce qu'ils devaient jeter, ils le portaient dans des sacs-poubelle à une centaine de pas de là avant de l'enterrer dans un trou profond.

Si un autre ours approche, peut-être qu'il sentira d'abord ces trucs et viendra les déterrer, on pourra l'abattre avant qu'il arrive à la cabane.

Roy n'était pas enthousiaste à l'idée de tuer d'autres ours. Le dernier lui semblait déjà avoir été un véritable gâchis. Tu crois que l'ours que tu as eu était celui qui nous a fait ça ? demanda-t-il.

Son père interrompit un instant ses coups de pelle. Ouais. Je l'ai suivi à la trace. Mais ça aurait tout aussi bien pu être un autre ours. J'ai perdu sa piste plusieurs fois et je l'ai retrouvée plus loin, c'est bizarre qu'il se soit aventuré aussi loin de chez lui. Alors il faudra rester vigilant, au cas où.

Roy décida qu'il ne tirerait pas tant que l'ours ne les attaquerait pas, surtout s'ils n'allaient pas le dépecer ni le manger. Il a beaucoup crié quand ta balle l'a touché ?

C'est pas le genre de question à poser.

Quand ils eurent fini d'enterrer la nourriture abîmée, son père retourna à la cabane et rangea la pelle. Ils restèrent sous le porche et observèrent l'eau, immobile et grise.

Il faut qu'on règle notre problème de nourriture ensemble, fit-il. Tu peux commencer à pêcher et je vais construire le fumoir. On a besoin de l'abri à bois, aussi, et il faut qu'on fende davantage de bois, mais je ne peux pas tout faire en même temps et on doit manger avant tout. Si tu attrapes un poisson, vide-le et prends ses œufs, et installe deux autres lignes de fond où tu accrocheras les œufs. Fixe les lignes à quelque chose, on les laissera là toute la nuit.

Roy retourna à la pointe et lança sa ligne dans la crique. Il attendit un long moment sans que rien ne morde. Il scrutait la surface de l'eau, sentant qu'un poisson s'y montrerait d'un instant à l'autre, comme s'il pouvait en accrocher un au bout de son hameçon par la seule force de son esprit, mais il finit par détourner le regard en direction du chenal et des îles en face. Il y avait quelques sommets enneigés et, dans le lointain, au bord de l'horizon, un chalutier passa. Il était minuscule mais Roy voyait sa proue bossue et il pensait presque pouvoir apercevoir ses tangons, mais ce n'était que le fruit de son imagination. Il se mit à rêver éveillé, il allumerait des fusées de détresse sur la plage pour attirer l'attention du bateau parce que son père aurait été saigné et à moitié dévoré par un ours, mais un poisson finit par mordre et il le remonta rapidement, le tira à la surface tandis que sa tête frétillait. Ce n'était qu'une petite Dolly Varden. Il la posa sur les rochers. Il l'aurait normalement relâchée, tant elle était minuscule, mais ils avaient besoin de tout ce qu'ils pourraient trouver, alors il lui écrasa la tête et l'ouvrit depuis l'anus jusqu'aux branchies pour voir si elle était pleine. Elle avait des œufs, c'était une chance, bien qu'ils soient petits et peu nombreux. Il les sortit et abandonna le poisson et sa canne pour aller chercher les lignes de fond dans la cabane, lorsqu'il entendit des battements d'ailes. Il fit volte-face et courut, mais pas assez vite. Le pygargue s'envolait déjà, le poisson entre les serres, ses ailes marron énormes, avant même que Roy ait eu le temps de retourner au rocher. Il ramassa un galet qu'il jeta en direction du rapace pour l'obliger à lâcher prise, mais il le manqua de beaucoup et le pygargue survola la baie jusqu'à l'extrémité de la pointe où il se posa pour observer Roy tout en dévorant sa proie.

Roy pensa au fusil, mais malgré sa colère et leur besoin désespéré de nourriture et la peur des reproches de son père, il ne pouvait tout de même pas imaginer abattre un aigle à tête blanche.

Il alla chercher une bobine de fil supplémentaire et des hameçons dans la cabane pour installer les lignes de fond.

Ça a mordu ? cria son père depuis l'arrière du bâtiment.

Ouais, j'ai récupéré des œufs pour les lignes, mais c'était un poisson minuscule et quand j'ai tourné le dos, un pygargue l'a attrapé.

Merde.

Ouais.

Bon, attrapes-en un autre.

J'y compte bien.

Il fixa de lourds plombs aux lignes de fond

qu'il lança à la main en espérant que l'eau était suffisamment profonde. Il en installa deux juste devant la cabane et les accrocha à des racines, puis il marcha jusqu'à la pointe et jeta une ligne dans la crique où il avait déjà pêché avant de la tirer pour l'attacher à un arbre. Le pygargue était toujours perché là-haut, les yeux rivés sur lui.

Roy ramassa son équipement et parcourut le rivage, avançant péniblement sur plus d'un demi-kilomètre de galets et parfois dans les sous-bois pour atteindre la petite crique voisine. Quand il y lança sa ligne et commença à la rembobiner, il attrapa immédiatement quelque chose de plus gros. Le poisson tira sur le côté en direction du large et fit chanter la ligne jusqu'à ce que Roy se rende compte qu'il avait mal réglé le frein de son moulinet, alors il le resserra, sa prise continua à se débattre mais Roy n'eut aucun mal à la ramener sur la rive. Le poisson sauta deux fois tandis qu'il le tirait vers la plage, deux voltiges dans les airs en agitant la tête d'avant en arrière pour se libérer. C'était un saumon rose précoce, argenté et très jeune. Roy recula, la canne levée pour le hisser rapidement et en douceur sur les galets. Le saumon se débattait avec fureur et il se décrocha de l'hameçon, mais il était déjà trop loin sur la berge. Roy courut pour l'attraper par les branchies et le jeter plus loin sur la plage, où il resta prostré, la bouche ouverte et les yeux exorbités, avant que Roy lui écrase la tête trois fois avec un caillou et que son corps s'arque et frémisse, ensanglanté, pour s'immobiliser enfin. Ses muscles se convulsèrent en spasmes réguliers, mais il était mort.

Roy le recouvrit d'un petit cairn de pierres pour que le pygargue ne l'emporte pas, puis il lança de nouveau sa ligne. En quelques heures, il avait attrapé six saumons et une Dolly Varden. Il les accrocha à un fil de nylon qu'il noua en boucle pour pouvoir les porter, puis il remonta lentement vers la cabane, s'arrêtant ici et là pour se reposer.

Ça m'a l'air bon, fit son père quand il le vit arriver. Ça m'a l'air très bon.

Je suis allé dans la crique voisine. La pêche y est bien meilleure.

Je veux bien te croire, dit son père en empoignant le collier de poissons pour l'observer. Des saumons frais. Et le fumoir avance, alors tu pourras commencer à découper les filets dès que tu auras fini de les vider.

Quand Roy eut vidé et coupé les poissons pour les fumer, il était tard. Il lava les morceaux avec soin, les rapporta dans un seau et prépara la saumure à l'aide de sel et de sucre. Il fallait du sucre brun pour fumer les aliments, mais l'ours l'avait mangé ou éparpillé à terre. Il contourna la cabane pour retrouver son père.

Comment ça avance ? demanda Roy.

Ça commence à ressembler à quelque chose.

Roy ne voyait pas bien, mais les quatre murs semblaient montés, ainsi qu'un toit et un espace pour glisser les copeaux de bois. Tu as fait des grilles ? demanda-t-il.

J'ai apporté des grilles, fit son père. Et un foyer à deux niveaux pour mettre dessous, un niveau pour le charbon et un deuxième pour les copeaux de bois. Sans ces trucs, je ne sais pas comment on se serait débrouillés.

On va commencer à fumer les morceaux ?

On va les laisser mariner cette nuit et on s'y mettra à l'aube. C'est trop de boulot, de garder un œil en permanence sur les copeaux et tout, surtout qu'on ne sait pas vraiment si ça va marcher. Et si tu nous cuisais ce qui reste de poisson pendant que je termine mon affaire ici ?

Roy mit deux gros filets à frire dans une poêle avec de l'huile, puisqu'ils n'avaient plus de beurre, et quand son père rentra enfin, il était fatigué et ne disait pas grand-chose, il se contentait de manger le poisson, les yeux baissés sur son assiette. Roy ne se sentait pas plus proche de lui qu'il ne l'avait été au cours de leurs vacances occasionnelles. Il se demandait si son sentiment changerait.

C'est un bon poisson, finit par dire son père. Y a rien de meilleur que le saumon. Puis ils lavèrent la vaisselle et se couchèrent.

Roy s'était endormi et lorsqu'il se réveilla tard dans la nuit, frigorifié, son père lui parlait.

Roy ? disait-il. Tu m'entends ?

Ouais. Je suis réveillé.

Je ne sais pas pourquoi je suis devenu comme ça. Je me sens si mal. Ça va pendant la journée, mais ça me prend la nuit. Dans ces moments-là, je ne sais plus quoi faire, dit son père, et cette dernière phrase le fit gémir une nouvelle fois. Je suis désolé, Roy. J'essaie de toutes mes forces. Je ne sais pas si je vais tenir le coup.

Roy sentait que son père allait se remettre à pleurer et il n'avait vraiment pas envie de ça.

Roy ?

Ouais, je suis là. Je suis désolé, Papa. J'espère que ça va s'arranger.

Son père laissa échapper un horrible sanglot ravalé et dit : Merci. Puis ils restèrent allongés là, chacun à écouter la respiration agitée de l'autre jusqu'à ce que l'aube se lève à nouveau. Roy se rappelait et respirait l'odeur du poêle, sentant la chaleur qui s'en dégageait.

Son père était déjà à l'arrière de la cabane et déposait le poisson dans le fumoir. Salut, fiston, dit-il. On dirait que ça va être sacrément bon. Il fit danser ses sourcils de haut en bas et adressa un sourire à Roy. Puis il ouvrit la porte et Roy observa l'intérieur.

Les filets de poisson étaient parfaitement alignés et Roy pouvait voir que la saumure avait déjà verni la chair rose, c'était bon signe.

Il n'y a plus qu'à préparer le foyer, dit son père. Les charbons sont prêts dans le poêle.

Ils rentrèrent dans la cabane où son père attrapa les charbons à l'aide d'une pince apportée sur l'île à cet effet. Il les déposa dans le foyer, puis il inséra une petite grille qui se logeait parfaitement dans l'appareil et versa une poignée de copeaux d'aulne par-dessus. Ça va être succulent, dit-il.

Ils retournèrent à l'arrière du bâtiment et il glissa le foyer par la porte au bas du fumoir, puis il vérifia tous les interstices une fois la fumée répandue à l'intérieur. Elle s'échappait ici et là, mais son père dit que ça irait et tout semblait parfait aux yeux de Roy. Ils allaient manger du bon saumon et ils pourraient mettre de la chair séchée de côté pour plus tard.

Maintenant, il nous faut des claies pour sécher la viande, fit son père. Et ça ne ferait pas de mal d'avoir une cache pour garder tout ça hors de portée des ours.

Une cache ? demanda Roy.

Ouais, pour protéger la nourriture des ours et de tout le reste.

Ça ne va pas nous demander un boulot énorme, ça ?

Si. Je ne dis pas qu'il faut la construire à la minute, je pensais juste à voix haute. Ce qu'on doit faire à la minute, c'est les claies et l'abri à bois.

Ils s'attelaient à la structure de l'abri qui s'appuierait contre le mur arrière de la cabane quand de grosses gouttes se mirent à leur tomber dessus, et lorsqu'ils levèrent les yeux vers d'épais nuages noirs, la pluie s'abattit avec force et ils coururent avec leurs outils jusqu'à l'avant de la bâtisse pour éviter d'être trempés par l'averse.

Ils firent un feu dans le poêle et s'essuyèrent avec une serviette.

On n'a presque plus de bois sec, fit son père. Vraiment presque plus. On aurait dû stocker quelques bûches à l'intérieur pour les laisser sécher lentement. Si la pluie se maintient, ça ne va pas être la fête.

Ils allumèrent la lampe à paraffine, sortirent le jeu de cartes et s'installèrent par terre pour jouer au gin-rami pendant le reste de l'après-midi en attendant que la pluie s'arrête. Son père ne semblait pas très intéressé par le jeu, il affichait le même air maussade qu'il gagne ou qu'il perde. La pluie et le vent battaient contre le toit et les fenêtres, et ils ne distinguaient rien du paysage à plus de cent mètres, tant la visibilité était mauvaise.

Au bout d'environ trois heures, son père se leva. Je ne peux pas rester assis là, dit-il. Je crois que je vais réparer mes vêtements de pluie et aller jeter un œil au fumoir. La vérité, c'est qu'il va pleuvoir souvent et il faut qu'on s'habitue à travailler par ce temps.

Ses habits imperméables portaient de longues balafres laissées par les griffes de l'ours. Il les posa à plat sur le sol et scotcha chaque côté des déchirures, puis il sortit et Roy lui emboîta le pas dans son équipement de pluie et ses bottes.

Roy s'arrêta devant la cabane et observa l'eau dans le U pâle qui semblait toucher le ciel. Aucune ligne ne les séparait, aucun horizon. Il était impossible de dire où la pluie et le brouillard rejoignaient l'océan, sauf à quelques pas devant lui, juste au bord de l'eau. Les arbres alentour paraissaient en lambeaux. Il avança jusqu'à l'eau en posant un pied prudent sur les rochers humides, il entendait la pluie de toute part, comme un tissu sonore qui supplantait tous les autres bruits. C'était la seule odeur, aussi. Même lorsqu'il détectait l'arôme de la terre ou de la mer, les parfums dont il imaginait qu'ils étaient ceux des fougères, des orties et du bois pourri, ils faisaient partie intégrante de l'odeur de pluie. Il se rendait compte qu'il en serait ainsi la plupart du temps. Les journées ensoleillées qu'ils avaient eues jusqu'ici avaient été inhabituelles. La pluie dense et le monde qu'elle emprisonnait étaient tout ce qu'ils connaîtraient. Ce serait dorénavant leur foyer.

Reviens par ici, lança son père dans un hurlement étouffé.

Il retourna auprès de son père pour l'aider à construire l'abri à bois. Ils clouèrent les montants ensemble avant de se rendre compte qu'ils auraient dû installer le toit en premier pour le dresser ensuite à la verticale puisqu'ils n'avaient pas d'échelle, alors ils reposèrent les montants au sol. Son père s'acharnait sur le bois d'un air sombre, les lèvres et les yeux plissés. Il donnait des instructions détaillées à Roy, et Roy avait l'impression d'être de trop, de recevoir bien plus d'ordres que nécessaire, comme si son père ne l'avait fait sortir avec lui que pour qu'ils soient deux à subir cette pluie merdique.

Son père cloua les planches les unes sur les autres, terminant ainsi le toit, puis ils dressèrent à nouveau les montants, Roy soutenant l'ensemble tandis que son père levait les bras et fixait le tout. Quand le toit fut debout, ils reculèrent pour l'observer. Il était un peu branlant, les montants noueux, lisses et d'un brun assombri par la pluie, les planches de tailles différentes fixées selon des angles divers qui saillaient irrégulièrement sur les bords, certaines encore pourvues de leur écorce, d'autres non. C'était comme dans un campement de la Frontière, comme dans un vrai campement, sauf que leur installation était moins robuste. L'abri semblait pouvoir maintenir la pluie à bonne distance, mais quand ils s'installèrent sous le toit, il n'était pas très efficace. Il protégeait leurs têtes de la plupart des gouttes et ils purent retirer leurs capuches, mais à la moindre rafale de vent, ils étaient aspergés de pluie, surtout sur les jambes.

Bon, il faudra peut-être couvrir le bois de plastique, fit son père.

Ça me va, dit Roy. Et c'est pas grave si le bas de la pile est mouillé, si ?

Si, c'est grave. Son père leva les yeux vers le toit, les mâchoires serrées et assombries par une barbe de cinq jours. Mais on ne fera pas mieux pour l'instant. J'aurais dû scier des planches plus longues. Peut-être que quand on prendra nos petites vacances et qu'on ira chercher notre nouveau lot de provisions, je rapporterai un peu de bois de construction au passage.

On rentre quand ?

Ne te monte pas trop la tête. Ça ne sera pas

avant un mois ou deux, et seulement si j'arrive à faire marcher la radio, même si je pense que Tom passera nous voir si on reste longtemps sans appeler. C'est ce qu'il est censé faire, en tout cas.

Un mois ou deux paraissaient horriblement longs aux yeux de Roy, une vie entière dans un endroit miteux qui n'était pas chez lui.

Ils jetèrent un coup d'œil au saumon avant de rentrer, il était prêt. Ils laissèrent un étage de filets de poisson dans le fumoir pour qu'ils sèchent complètement et rapportèrent le reste à l'intérieur. Ils installèrent la grille sur le poêle et commencèrent à manger. L'extérieur avait durci, il était à la fois sucré et salé, l'intérieur était encore moelleux et délicatement fumé. Ce n'était pas aussi bon qu'avec du sucre brun mais c'était tout de même délicieux. Roy dégustait son morceau les yeux fermés.

Arrête de fredonner, fit son père.

Hein ?

Tu fredonnes quand tu manges. Tu le fais tout le temps, ça me rend dingue. Contente-toi de manger.

Roy s'efforça de ne pas fredonner, bien qu'il n'eût jamais eu conscience de le faire. Il aurait voulu emmener ses morceaux de saumon ailleurs, les manger seul sans avoir à s'inquiéter.

Quand ils furent repus, ils avaient dévoré un tiers du poisson. Son père mit le reste à refroidir, puis il déposa le tout dans des sacs de congélation juste avant qu'ils aillent se coucher.

Cette nuit-là, son père lui parla de nouveau. Roy se répétait : Plus qu'un mois ou deux, et après je me tire et je remets plus les pieds ici, il se le répétait encore et encore, comme un mantra, tandis que son père gémissait, pleurait et se confessait. J'ai trompé ta mère, disait-il à Roy. C'était à Ketchikan, quand elle était enceinte de ta sœur. Je sentais que c'était la fin de quelque chose, je crois, la fin de toutes mes possibilités, et Gloria travaillait toujours tard le soir, elle venait dans mon bureau et me jetait de ces regards, je n'ai pas pu me retenir. Dieu que je me sentais mal. J'avais la nausée en permanence. Mais j'ai continué. Et même après avoir vu tout ce que j'ai fait, tout ce que j'ai détruit, je ne suis pas sûr que j'agirais différemment si j'en avais encore l'occasion. Le truc, c'est qu'il y a quelque chose qui cloche chez moi. Je ne peux jamais faire ce qu'il faut, jamais être celui que je suis censé être. Il y a quelque chose en moi qui m'en empêche.

Il ne posait aucune question à Roy, et Roy ne répondait rien. Son père parlait, Roy écoutait, et il détestait avoir à écouter tout ça, il pensait à sa mère, aux disputes entre elle et son père, à Ketchikan, il ne savait comment comprendre cette nouvelle version des faits. Quand ils leur avaient annoncé leur divorce, ils avaient raconté une autre histoire, comme si la situation était irréversible, et quand Roy avait proposé son aide, ils lui avaient répondu que c'était impossible, que c'était le genre de choses qui arrivait à tout le monde.

Dehors, la pluie tombait en continu, la pièce était petite et sombre. Son père s'adressait à lui en chuchotant, reniflait, émettait des sons étranges et effrayants à travers son désespoir ; il était allongé à quelques pas de lui et Roy n'avait nulle part où aller.

Le matin suivant, ils mangèrent des céréales froides avec du lait en poudre, et ils n'allumèrent pas de feu car il leur fallait économiser le bois. La pluie tombait toujours, comme la veille. Le chambranle des fenêtres noircissait tandis qu'il se gorgeait d'eau et quelques gouttes s'infiltraient à travers les murs. Son père les observait une à une avec sa lampe torche et ne disait rien, il se contentait de passer la main au-dessus d'elles, à l'endroit où les murs touchaient le plafond, puis il levait les yeux plus haut encore et faisait glisser lentement le faisceau sur chaque planche, chaque poutre.

Roy lisait un livre de la série *L'Exécuteur*. Il le parcourait surtout pour les femmes que l'Exécuteur réussissait toujours à séduire, et il essayait de s'imaginer en train de faire l'amour avec elles.

Allez, fit son père. C'est l'heure de construire les claies de séchage, toi, tu peux aller jeter un œil aux lignes de fond.

Roy commença donc par vérifier ses lignes, soulagé de pouvoir sortir de la cabane et de

s'éloigner de son père. Il pleuvait encore à tor-
rents. Il était au sec sous ses vêtements de pluie,
mais il faisait si froid et si humide qu'il se sentait
trempé jusqu'aux os, comme si ses habits étaient
perméables. Les premières lignes n'avaient rien
donné, mais celle de la pointe avait attrapé une
Dolly Varden qui pâlissait déjà, morte. Roy se
demandait si elle serait encore bonne à manger. Il la vida à bout de bras car il ne voulait pas
trop s'en approcher au cas où ses boyaux seraient
pourris et lui exploseraient au visage ou autre
chose, mais elle avait l'air en bon état. Elle dégageait une odeur un peu plus forte, mais pas trop,
et sa chair semblait correcte. C'était un mâle,
avec deux bourses de sperme à la place des
œufs, alors il retourna à la cabane chercher les
œufs qu'il avait salés et les fixa à l'hameçon à
l'aide d'un morceau d'étamine avant de remettre la ligne à l'eau. Puis il observa la forêt et se
dit qu'il serait agréable de se branler puisqu'il
ne l'avait pas fait depuis si longtemps, mais il
ne s'en sentait pas la force. Il faisait humide et
froid, il était engoncé sous un million de couches de vêtements, et il se contenta de rentrer
à la cabane.

Son père n'y était pas, Roy remonta le sentier
jusqu'aux sapins et le trouva enfin, plus haut
parmi les cèdres.

Salut, fit-il.

Je cherche des poteaux pour installer les claies
de séchage, dit son père. Essaie d'en trouver
d'un mètre de long, minimum. Ça a mordu ?

Une petite Dolly Varden déjà morte. Mais la chair avait l'air bonne.

Ouais. C'est bien. Mais il nous en faut plus. Peut-être que tu devrais continuer à pêcher pendant que je construis ça. Même si la priorité, c'est vraiment le bois.

Il s'arrêta net et resta immobile, les yeux rivés sur la mousse. Merde, je sais plus. Ça te dirait de couper du bois ?

Bien sûr, dit Roy. Il alla chercher la hache. Il n'avait fendu du bois qu'une seule fois auparavant, pour s'amuser, et il avait le sentiment que les choses allaient en être tout autrement.

Il s'attaqua aux morceaux qu'ils n'avaient pas utilisés pour l'abri à bois. Il les posa à la verticale et abattit la hache, mais les bûches se dérobaient et rebondissaient sur le sol et la lame ricochait, manquant le heurter de plein fouet, lorsqu'il se souvint qu'il était censé caler le bois sur une souche ou un truc solide.

Il cherchait aux alentours quand son père revint et lui demanda ce qu'il faisait. Amer et vexé, Roy resta en retrait tandis que son père allongeait une bûche pour en déposer une autre à la verticale par-dessus, qu'il fendit en deux d'un seul coup, chaque moitié tombant sur le sol. Il regarda Roy et lui tendit la hache.

D'accord.

Il va falloir que tu fasses preuve de plus d'initiative.

Oui, fit Roy, mais comme son père tournait les talons, il ajouta : Je fais déjà pas mal de choses.

Son père le dévisagea. Ne boude pas, dit-il. C'est pas un endroit pour les bébés, ici.

Son père s'éloigna vers les arbres, Roy empoigna la hache, fendit du bois et détesta son père. Il détestait cet endroit, aussi, il détestait entendre son père pleurer la nuit. De quoi parlait-il, avec ses histoires de bébés ? Roy se sentait gêné, pourtant, car il savait que ces larmes nocturnes naissaient d'autre chose, de quelque chose qu'il craignait de sous-estimer.

Quand il en eut terminé avec les restes de l'abri à bois, il entra dans la forêt, la hache à la main, en quête de bois mort. Il trouva quelques morceaux, mais ils étaient trop pourris. J'aurais dû le savoir, dit-il à voix haute pour lui-même. Quand est-ce que tu vas enfin commencer à faire les choses comme il faut ? Il retourna vers la pointe, abattit un autre arbre, en coupa les branches et le débita à la scie avant de le traîner jusqu'à la cabane.

Son père s'affairait sur les claies. Joli travail, fit-il. On dirait bien que tu ramasses du bois.

Ouais.

Tu vas finir par avoir le coup de main. Moi aussi.

Mais son père pleura encore cette nuit-là, et Roy se dit que rien ne fonctionnerait jamais. Il essayait d'ignorer ce que lui murmurait son père entre deux sanglots étouffés et tentait de lancer une conversation à lui dans sa tête, mais il ne parvenait pas à empêcher ses paroles de l'atteindre.

Il y avait surtout ces deux prostituées à Fairbanks, que j'allais voir régulièrement. L'une avait la peau très douce et aucun poil pubien. C'était juste une petite fille, minuscule, elle ne me regardait jamais.

Roy se bouchait les oreilles et essayait de fredonner juste assez fort pour couvrir le son des paroles de son père, mais les confessions continuaient et il était obligé d'écouter.

J'ai continué à aller les voir, toutes, même quand j'ai su que Rhoda était au courant.

Rhoda était la belle-mère de Roy, la seconde épouse de son père et son deuxième divorce, qui venait juste d'être prononcé.

J'ai chopé des morpions avec une de ces prostituées et je les ai refilés à Rhoda. Tu te souviens de la fois où on devait aller skier en Californie et où on a annulé le voyage ?

C'était rare, et Roy fut pris de court. D'habitude il ne lui posait pas de question.

Ouais, répondit-il. Il se souvenait de s'être réveillé au beau milieu de la matinée, bien trop tard, et quelque chose clochait. Il ne voulait pas apprendre maintenant que tout ça c'était parce que son père était allé voir une pute. Son père lui avait dit qu'il avait attrapé les bestioles sur un banc du vestiaire de la YMCA, et Roy l'avait cru, ça et tout le reste.

Cette fois-là, elle s'est mise dans une colère incroyable. Elle ne m'a pas laissé la moindre chance de m'expliquer. C'était comme si j'étais une sorte de monstre. Comme si je l'avais laissée tomber. Qu'est-ce que tu en penses, toi ? Tu crois que je suis un monstre ? La question était accompagnée de ses singuliers gémissements et bruits de gosier.

Non, Papa.

Les rêves de Roy devenaient récurrents. Dans l'un d'entre eux, il était recroquevillé dans une salle de bains à plier des serviettes rouges à mesure que d'autres serviettes s'empilaient et lui tombaient dessus, le comprimant de tous les côtés. Dans un autre, il était à bord d'un bus enseveli dans le sable qui glissait lentement sur la pente d'une colline. Dans un autre encore, il était pendu à des crochets et devait choisir entre se faire tirer dessus une fois, ce qui serait rapide mais risquait de le tuer, ou être plongé dans une cuve pleine de fourmis rouges, ce qui ne le tuerait pas mais durerait une éternité.

Le matin, son père était toujours de bonne humeur et Roy ne parvenait pas à comprendre pourquoi.

On s'en tire pas trop mal, disait son père. On a du poisson fumé en réserve, et du bois, et on est à peine au début de l'été.

Puis un jour, alors que la pluie s'était mise à tomber en trombes et que Roy revenait des toilettes, il trouva son père debout dans la cabane, son pistolet sorti. Il le tenait dans une main et visait le plafond, le regard rivé sur les poutres sombres, en marchant comme s'il essayait de coller une balle dans une grosse araignée qui se serait baladée là-haut.

Qu'est-ce que tu fais ?

Tu ferais mieux de t'éloigner.

Quoi ?

Éloigne-toi. Va dans l'autre pièce ou je sais pas quoi.

Qu'est-ce qui se passe ?

Mais son père ne répondait pas ; il plissait les yeux vers le plafond et visait quelque chose qui semblait bouger sous le faîte du toit.

Roy recula dans la petite pièce et observa son père depuis l'embrasure de la porte.

Son père tira alors, la détonation fut assourdissante. Roy porta ses mains à ses oreilles, mais elles étaient douloureuses et ne cessaient de rugir. Son père tira à nouveau dans le plafond, son Magnum .44 énorme et ridicule crachant du feu dans la cabane obscure et emplissant l'air de soufre.

Tu tires sur quoi ? hurla Roy, mais son père fit feu, encore et encore, puis il jeta l'arme sur une pile de vêtements près de la porte et sortit sous la pluie en disant : Qu'est-ce qu'on est serré, putain.

Roy s'approcha de l'embrasure et regarda son père debout, la tête levée sous la pluie, se faire tremper sans chapeau ni vêtements imperméables. Ses cheveux aplatis sur son crâne et sa bouche rouge ouverte. Les yeux fermés et ouverts et fermés. Des volutes de vapeur s'échappant de ses lèvres et de sa chemise. Ses bras ballants sur les côtés comme s'il n'y avait plus rien à faire à part attendre que le ciel tombe.

Roy attendit si longtemps qu'il finit par s'asseoir contre le poêle, le regard rivé sur le bandeau d'air gris et d'eau et sur son père trempé et déraisonnable. Quand son père se mit enfin à marcher, Roy se leva mais son père poursuivit sa route jusque dans la forêt pour ne revenir qu'à la nuit tombée.

Il n'y avait aucune lumière à l'intérieur lorsque son père revint à la cabane, le feu n'était pas allumé. Roy était allongé dans son sac de couchage contre le poêle et il avait disposé plusieurs boîtes de conserve vides là où des gouttes et des filets d'eau tombaient des nouveaux trous dans le toit. Son père s'approcha de lui et le porta dans l'autre pièce en lui répétant à quel point il était désolé, mais Roy fit semblant de continuer à dormir, il ne voulait pas l'écouter, il le détestait et le craignait.

Quand Roy se réveilla le lendemain matin, il ne dit rien. Il prit un morceau de saumon fumé et des biscuits, sortit et s'installa à l'autre bout du porche sans un mot ni un regard. Il se contentait de fixer son assiette alors même qu'il savait que son père était mal à l'aise et avait envie de parler.

Son père se leva et s'adossa au mur de la cabane. Quand Roy leva les yeux, son père avait baissé les paupières et sentait les rayons du soleil sur sa peau.

Roy termina son petit déjeuner et attendit.

Belle journée, finit par dire son père. Peut-être qu'on devrait aller se balader.

Roy réfléchissait.

Alors, qu'est-ce que tu en dis ?

D'accord.

D'accord, on n'a qu'à aller à la chasse au cerf. Ça ferait pas de mal de manger autre chose que du saumon, pas vrai ?

Roy mit du temps à rassembler son équipement, mais ils finirent par se mettre en route, son père en tête. Roy ne voulait pas que les choses s'arrangent. Il voulait que tout aille mal au point qu'ils soient obligés de quitter l'île. Il savait qu'il pouvait rendre la situation atroce pour son père en se contentant de garder le silence et en refusant de réagir à quoi que ce soit.

Ils traversèrent les basses forêts et se mirent à grimper plus haut en se frayant un chemin à travers la végétation, jusqu'à un rocher en surplomb d'où ils pouvaient observer deux versants de montagne, le rivage et leur cabane. Roy se demandait si les cerfs étaient nombreux à venir de ce côté de l'île, si près de leur cabane, mais maintenant qu'ils étaient montés jusque-là ils allaient bien devoir tenter leur chance.

Qu'est-ce que tu penses de ça ? demanda son père.

Qu'est-ce que je pense de quoi ?

De tout ça. De la vue. D'être ici. D'être avec ton papa.

C'est sympa.

Son père plongea alors le regard vers le chenal et se mit à scruter les reflets du soleil sur l'eau. Il n'y avait rien à voir, juste une lumière éblouissante. Roy se déplaçait en différents endroits pour aller s'asseoir sur les rochers ou dans les broussailles, incapable de tenir en place. Il ne cherchait pas de cerf. Il se demandait si son père en cherchait, lui.

Son père posa son fusil à terre et se redressa, il s'avança trop près du bord de la petite falaise et tomba. On aurait presque dit qu'il avait sauté. Il rebondit plusieurs fois, passa à travers des branches en les fracassant, continua de rouler jusqu'à disparaître, mais Roy l'entendait encore tomber et son crâne bouillonnait d'hésitation tandis qu'il cédait à la panique.

Roy saisit sa carabine et se leva, mais il n'y avait rien qu'il pût faire. Son père avait traversé les buissons et les branches d'arbre et atterri avec un son mat, tout était terminé et il n'y avait plus aucun bruit provenant d'en bas. Le sang martelait ses oreilles et il avait peur de tomber à son tour, comme si son père l'attirait vers lui, mais alors il se mit à l'appeler, il reposa son arme et se précipita vers les broussailles qu'ils avaient traversées pour arriver jusque-là. Il tentait de descendre aussi vite que possible, mais la végétation trop dense le lacérait au passage, il avait peur de ne pas retrouver son père, il avait peur d'être englouti là-dedans et de mourir.

Il continua de crier en descendant, mais il n'y eut pas de réponse. Il glissa sur un tapis d'orties qui lui mirent les mains en feu, puis tomba entre plusieurs troncs de sapin pour atterrir sur une aire plate, il se releva et fendit la végétation à la recherche de son père. Il atteignit à peu près l'endroit où il pensait le trouver mais ne vit rien. Il leva les yeux vers la falaise pour la prendre comme point de repère, mais les ramures étaient trop épaisses et il ne distinguait rien au travers. Il commença à geindre et à tourner en rond avant de se ressaisir ; il s'arrêta et tendit l'oreille.

Ce n'était que le vent dans les feuilles, mais il perçut alors un gémissement près de lui et il écarta les buissons à quelques mètres devant lui sans rien trouver. Il avança plus loin, revint sur ses pas et scruta les alentours. Il n'entendait plus le gémissement et se demanda s'il ne l'avait pas imaginé. Il se remit à geindre — il ne pouvait pas s'en empêcher — et poursuivit ses recherches. Puis il eut l'idée de piétiner le sol pour savoir où il avait déjà cherché, il tapa des pieds pour écraser les petites plantes en effectuant des cercles toujours plus grands, sans rien trouver.

Une demi-heure au moins avait dû passer, alors il remonta pour tenter de repérer le pied de la falaise. Il était difficile à trouver aussi, et lorsqu'il tomba dessus, il n'était pas sûr qu'il s'agisse du bon précipice, mais il en explora néanmoins la base et tomba enfin sur une branche fraîchement brisée. Il descendit la piste pour apercevoir d'autres branches, puis un endroit où l'on avait écrasé un tapis d'orties, de fleurs et de mousse. À quelques mètres de là, il vit son père.

Son père ne bougeait pas et n'émettait aucun son. Il était recroquevillé sur le flanc, un bras rejeté en arrière, et l'œil que Roy pouvait apercevoir était clos. Il s'approcha de lui en douceur, s'agenouilla tout près et, sans le vouloir, chercha à entendre sa respiration. Il pensait avoir perçu quelque chose, mais il n'arrivait pas à séparer ce son de sa propre respiration et se disait qu'il avait peut-être trop envie d'entendre quelque chose. Il se pencha encore plus près et colla l'oreille contre la bouche de son père. Il sentit un souffle et dit : Papa, puis il se mit à hurler en essayant de réveiller son père. Il aurait voulu le secouer, mais il n'était pas sûr que ce soit prudent. Il resta assis à ses côtés et se mit à parler pour pousser son père à reprendre connaissance.

Tu es tombé de la falaise, dit-il. Tu es tombé et tu t'es blessé, mais tout va bien. Réveille-toi, maintenant.

Le visage de son père était enflé et virait déjà au violet ponctué de griffures rouges à l'endroit où les branches l'avaient égratigné. Sa main était tailladée et ensanglantée.

Oh mon Dieu, dit Roy. Il aurait aimé savoir quoi faire, ou du moins aurait-il aimé trouver quelqu'un dans les parages qui puisse l'aider. Son père ne se réveillait pas et il ne voyait aucune autre solution que le soulever par les aisselles et le traîner le long du versant jusqu'à la cabane. Il n'y avait pas de sentier, mais ils n'auraient pas d'obstacles à franchir, aucune autre falaise pour autant qu'il s'en souvienne. Il le tira à travers les broussailles, essayant de ne pas trébucher mais trébuchant quand même, tombant parfois en arrière, s'efforçant de ne pas le lâcher ni de trop le secouer, mais le lâchant quand même, laissant tomber sa tête, la regardant rebondir et osciller sur la mousse spongieuse. Son père ne se réveillait pas, ne parlait toujours pas, mais au moins, il respirait. Quand le soleil se coucha et que la nuit fut tombée sans être totalement noire, ils atteignaient les dernières rangées de sapins. Il tira son père sur l'herbe, devant les toilettes et jusqu'au bas du porche, puis il le porta, se reposant à chaque marche avant d'attaquer la suivante, et il parvint enfin à le déposer dans la cabane.

Il l'allongea sur une couverture dans la pièce principale, puis le recouvrit des autres couvertures et des sacs de couchage. Il glissa un oreiller sous sa tête et alla chercher du bois pour le feu. Les bûches étaient encore humides et dégageaient trop de fumée, mais après plusieurs tentatives pour les allumer elles séchèrent enfin dans le poêle et ils finirent par avoir un peu de chaleur.

Son père était très pâle. Roy posa la main près de sa joue afin de comparer leur teinte. Son père respirait, mais de manière imperceptible. Roy voulait lui donner un peu d'eau sans savoir si c'était une bonne idée. Il aurait voulu poser un sac de glaçons sur son front, mais ils n'avaient pas de glaçons et il ne savait pas s'il était censé le faire non plus. Il ne savait rien. Il s'adossa au mur, emmitouflé dans son blouson, et il attendit, à l'affût du moindre changement tandis que la lumière se dissolvait dehors et que la cabane semblait rapetisser. Le vent se leva, la bâtisse grinçait en laissant échapper de temps à autre un hurlement sourd et son père restait prostré telle une figurine de cire, la bouche ouverte et ses égratignures rouges aux allures factices, comme peintes sur la peau de son visage. Même ses cheveux paraissaient irréels et quand la lampe finit par s'éteindre et que Roy fut trop effrayé pour se lever et trouver la paraffine dans l'obscurité, il patienta sans rien y voir, l'oreille tendue pendant des heures jusqu'à tomber de sommeil.

Il se réveilla en plein jour, sans aucun souvenir de ce qui s'était passé, il ne comprenait pas pourquoi son père était étendu ainsi devant lui, puis la mémoire lui revint. Il s'approcha du visage de son père, sa peau était encore chaude et il respirait.

Réveille-toi, fit Roy. Allez. Je vais préparer des pancakes. De la soupe à la crème de champignons. Allez. Réveille-toi.

Son père ne bougeait pas d'un cil. Roy ralluma le feu et la cabane se réchauffa lentement. Il se tint dans l'embrasure de la porte et observa l'eau, il n'y avait personne en vue, pas un bateau. Il rentra et referma derrière lui, remplit de nouveau la lampe et attendit. Son père n'avait toujours pas bougé. Il se demanda si un corps

pouvait être mort mais respirer encore, et cette
pensée était si effrayante qu'il se leva pour préparer le petit déjeuner.

Les pancakes arrivent, cria-t-il par-dessus son
épaule tandis qu'il ajoutait de l'eau à la prépa-
ration Krusteaz. Il y mélangea un peu de lait en
poudre pour se faire un petit plaisir, fit chauffer la poêle, la huila et se mit à préparer les
crêpes en se concentrant sur les bulles qui se
formaient à la surface, inquiet qu'elles cuisent
trop longtemps au-dessous, craignant de les
retourner avant qu'elles n'aient bruni. Il prit
son temps sur chacun des pancakes, attendit
d'avoir une pile parfaite avant de se retourner
pour apercevoir son père allongé là, ses yeux
ouverts rivés sur lui.

Roy hurla et laissa tomber l'assiette. Son père
bougea légèrement la tête, le regard toujours
fixé sur lui. Papa, fit Roy, puis il se précipita vers
son père qui chuchotait d'une voix à peine
audible : De l'eau.

Roy lui apporta de l'eau et l'aida à boire un
peu en tenant la tasse contre ses lèvres. Son père
vomit le liquide et but une nouvelle gorgée.

Désolé, dit son père, puis il ferma les yeux et
dormit toute la journée. Roy avait peur qu'il ne
sombre dans un sommeil dont il ne se réveille-
rait jamais. Il se demandait s'il devait courir
jusqu'à la pointe, fusées de détresse en main
pour essayer d'attirer l'attention, mais il craignait
de laisser son père seul trop longtemps et il ne
savait pas, de toute façon, si son père aurait

voulu qu'il allume les fusées. Il murmura à deux reprises : Est-ce qu'il faut que j'allume les fusées, papa ? Mais ne reçut aucune réponse.

Quand son père se réveilla à nouveau, le soleil allait se coucher et Roy était sur le point de s'endormir, mais il avait ouvert les yeux juste un instant et avait surpris son père qui le dévisageait.

Tu es réveillé, fit-il. Comment tu te sens ?

Son père ne répondit pas pendant un moment. Ça va, finit-il par dire. À manger. De l'eau.

Qu'est-ce que tu veux manger ?

Son père réfléchit longuement. De la soupe. Il y en a ?

Tu as du mal à respirer, non ? fit Roy. Tu n'arrives pas à parler. Peut-être que je devrais aller allumer les fusées de détresse, non ? Je vais essayer d'aller chercher de l'aide.

Non, dit son père. Non. De la soupe.

Roy réchauffa une soupe à la crème de champignons, celle qu'il avait prévu de mettre sur les pancakes. C'était une de leurs dernières boîtes de conserve, à cause de l'ours. Il l'apporta à son père et la lui fit manger lentement à la cuillère.

Son père ne put avaler que quelques gorgées avant de dire : Ça suffit pour l'instant.

Et pour tes coupures et tout ça ? demanda Roy. Je ne savais pas quoi faire.

Ça ira.

Roy lui apporta encore un peu d'eau, alluma la lampe, garnit le poêle, puis ils attendirent ensemble sans un mot jusqu'à ce que son père demande un peu de soupe, de l'eau et s'endorme à nouveau.

Au matin, quand Roy s'éveilla, son père avait sorti les bras de sous les couvertures. Un seul seulement était égratigné et cicatrisait déjà.

Je devrais allumer les fusées, dit Roy. Tu n'arrives toujours pas à te lever. Il y a peut-être vraiment quelque chose qui cloche.

Écoute-moi, dit son père. Si on rentre maintenant, on ne reviendra jamais. Et je n'ai pas envie d'abandonner tout ça. Il faut que tu m'accordes une seconde chance. Je ne laisserai plus rien arriver d'aussi stupide. Je te promets.

J'ai cru que tu allais mourir, fit Roy.

Je sais. Je suis désolé. Il ne faut plus que tu t'inquiètes.

On aurait dit que tu avais sauté.

Je me suis approché trop près du bord. Tout va bien.

Alors ils attendirent. Roy lui fit boire de la soupe et de l'eau, puis son père dut aller aux toilettes.

Il faut que j'y aille, dit-il. Je ne peux pas me lever tout seul. Attrape un peu de PQ et viens m'aider.

Roy attrapa un rouleau de papier toilette et se plaça derrière son père pour le soulever par les aisselles. Son père fut en mesure de l'aider un peu en prenant appui sur ses jambes, puis en posant une main sur la table, et ils parvinrent à se mettre debout pour s'approcher de la porte, où ils firent une pause.

On dirait que tu n'as rien de cassé, dit Roy.

C'est vrai, on dirait bien, fit son père. J'ai eu beaucoup de chance.

Ils se reposèrent quelques minutes encore près de la porte tandis que son père observait la crique. Puis ils avancèrent le long du mur extérieur vers les marches, qu'ils franchirent l'une après l'autre, Roy en premier pour soutenir son père derrière lui.

Ça va marcher, dit son père. On va y arriver. Je suis juste un peu engourdi et ankylosé, mais ça ne va pas durer.

Ils firent une autre pause au bas des marches.

Ça sera peut-être plus simple aux toilettes, fit son père. Même si elles sont un peu plus loin.

Je pourrais essayer de te porter, dit Roy.

Je crois que je vais pouvoir marcher si tu m'aides.

Son père s'accrocha à lui. Ils marchèrent prudemment jusqu'aux toilettes, se reposant tous les dix ou vingt pas, et quand la bruine se mit à tomber, ils décidèrent de continuer leur progression. Ils atteignirent la petite cabane, où Roy aida son père à se retourner et à s'asseoir avant de ressortir pour attendre.

Debout sous la pluie fine, Roy ressentait des choses qu'il ne parvenait pas à analyser. Sa peur atroce avait presque disparu, mais une part de lui-même qu'il ne comprenait pas bien aurait voulu que son père meure de sa chute, pour qu'il soit soulagé, pour que tout s'éclaircisse et qu'il puisse reprendre le cours normal de son existence. Il avait peur de raisonner ainsi, peur de jeter un mauvais sort, et à la pensée qu'il avait failli perdre son père, les larmes lui montèrent aux yeux. Quand son père l'appela pour lui dire qu'il avait terminé, Roy s'efforça de ne pas pleurer, s'efforça de refouler ses larmes dans sa gorge et dans ses yeux.

Son père tendit la main quand Roy ouvrit la porte. Aide-moi à me relever, dit-il. Mais il n'avait pas remis son pantalon et Roy ne pouvait s'empêcher de regarder son pénis pendant et les poils de ses cuisses. Gêné, il essaya de regarder ailleurs, comme si de rien n'était.

Son père gardait le silence. Une fois sur pied, une main dans celle de Roy, il remonta son pantalon de l'autre et se tourna pour prendre appui sur le chambranle de la porte, pour libérer ses deux mains et reboutonner sa braguette. Ils retournèrent ensuite à la cabane, où son père se recoucha, mangea et bu un peu, puis dormit le reste de la journée.

Au cours de la semaine suivante, son père reprit des forces. Il retrouva son agilité et put se rendre seul aux toilettes, puis marcher devant la maison, et enfin faire l'aller-retour jusqu'à la pointe. Peu de temps après, il annonça qu'il était totalement rétabli.

Revenu d'entre les morts, dit-il. Mes poumons n'ont jamais été en meilleure forme. Et je ne laisserai plus jamais une telle chose se produire, c'est promis.

Roy voulut lui demander s'il avait sauté délibérément, parce que c'était l'impression que cela lui avait donné, mais il n'en fit rien.

Ils chassèrent et abattirent leur premier cerf depuis le col derrière la cabane, tirant en contre-bas sur le versant opposé. Son père laissa Roy tirer le premier et il toucha l'animal au cou. Il avait visé bas, derrière l'épaule, et il était donc loin de son but, mais plus tard il fit comme s'il avait bien cherché à atteindre le cou.

Ils trouvèrent l'animal étendu dans un buis-son de myrtilles, la langue pendante et les yeux encore clairs.

Belle affaire, dit son père. Ça nous fera de la bonne viande. Il posa son arme et sortit son cou-teau Buck. Il ouvrit le ventre du cerf, en déga-gea les entrailles, lui trancha la gorge pour le saigner, lui coupa les bourses et tout le reste, puis il lui noua les pattes arrière et y glissa cel-les de devant de manière à former une sorte de sac à dos.

Normalement, ce serait à moi de le porter, fit-il. Mais mon dos et mes côtes sont encore un peu douloureux, alors si ça ne te gêne pas.

Son père empoigna les deux carabines, Roy passa les pattes arrière sur ses épaules, les fesses du cerf derrière sa tête, et il remonta ainsi le flanc de la montagne pour redescendre de l'autre côté, les bois de l'animal cognant contre ses chevilles.

Ils pendirent le cerf et le dépecèrent en appli-quant des coups de poing entre la chair et la peau. Ils coupèrent la viande en lamelles qu'ils fumèrent ou firent sécher sur les claies.

Les claies ne vont pas être géniales, fit son père. Il n'y a pas assez de soleil et trop de mouches. Mais on va fumer la plus grande partie de la viande.

Ils étendirent la peau tandis que l'obscurité s'installait, puis ils la salèrent et rentrèrent dans la cabane.

Son père ne pleura pas cette nuit-là, ce n'était plus arrivé depuis sa chute. Roy écoutait et patientait, tendu et incapable de trouver le sommeil, mais les sanglots ne venaient jamais, et au bout de quelques nuits, il s'y habitua et réapprit à dormir.

Ils pensaient plus sérieusement à faire leurs provisions pour l'hiver, maintenant. Quand son père fut suffisamment solide pour reprendre le travail, ils entamèrent un énorme trou à cent pas de la cabane, au milieu du bosquet de sapins. Ils le creusèrent à la pelle jusqu'à ce que son père y entre au niveau des épaules et Roy au-dessus de la tête. Puis ils l'élargirent pour qu'il atteigne plus de trois mètres de côté, un immense cube percé dans le versant de la colline, puis ils l'approfondirent encore un peu et empruntèrent leur échelle artisanale pour en sortir. Quand ils rencontraient une grosse pierre, ils creusaient autour et au-dessous jusqu'à la déloger et ils l'extrayaient ensuite à l'aide d'une corde. Ils s'arrêtèrent quand ils atteignirent la roche et qu'il leur fut impossible d'aller plus profond.

Le trou était destiné à leur servir de cache à nourriture, mais une fois qu'il fut creusé, son père se mit à avoir des doutes. Je ne sais pas, fit-il. Je ne sais pas comment faire pour que ça ne pourrisse pas ou que les insectes n'y entrent pas. Et je ne sais pas comment faire pour y mettre de la nourriture sans que les ours entrent aussi facilement que nous. Et tout sera bientôt recouvert de neige.

Roy écoutait, les yeux baissés vers l'immense puits qui leur avait pris une semaine à terminer. Il n'en avait aucune idée, lui non plus. Il avait cru que son père en savait davantage à ce sujet.

Ils restèrent là un moment jusqu'à ce que son père dise : Bon, réfléchissons. On peut mettre les provisions dans des sacs plastique. Ça risque peut-être de moisir, mais ça ne sera pas trempé par la pluie ou infesté par les insectes.

On n'est pas censés bâtir une sorte d'abri ou un truc à l'intérieur ? demanda Roy. On se contente de tout enterrer ?

D'après les images que j'ai pu voir, les caches sont faites en bois, qu'elles soient sous terre ou à l'air libre.

OK, fit Roy.

On n'a qu'à dormir là-dessus, dit son père.

Ils pêchèrent au bout de la pointe tandis que le jour se fanait en une bruine constante, puis ils cuisinèrent encore un morceau de saumon pour le dîner avant d'aller se coucher.

Roy avait du mal à s'endormir et demeura longuement allongé les yeux ouverts. Quelques heures plus tard, il entendit son père sangloter.

Au matin, Roy s'en souvenait et il resta dans son sac de couchage, ne se levant que bien plus tard. Son père était déjà sorti, et quand Roy s'approcha du trou, son père se tenait au fond, les bras croisés, le regard rivé sur les parois.

Réfléchissons, fit-il. On a creusé un trou. On a un grand trou là, maintenant. Il faut qu'on y stocke de la nourriture. Il nous faut quelque chose comme une espèce de petite cabane, je pense, avec une porte qui nous permette d'entrer mais qui maintienne les ours dehors. La porte pourrait être sur le dessus, ou sur un côté avec un passage qui nous laisse un accès. Je suis en train de me dire que la porte devrait plutôt être sur le dessus, qu'on devrait la clouer et l'enterrer. Qu'est-ce que tu en penses ?

Son père levait les yeux vers lui. Roy se disait : Tu ne t'es pas arrangé. Rien ne s'est arrangé. Tu pourrais aussi bien décider de t'enterrer ici, ou je ne sais quoi. Mais il répondit plutôt : Comment est-ce qu'on accède à la nourriture ?

Bonne question, fit son père. J'y ai bien réfléchi et je pense qu'une cache sert à déposer ce qu'on garde pour la fin de l'hiver. Tu amasses un bon stock dans ta cabane et tu n'en sors pas. Tu gardes ton fusil à portée de main, tu tires sur les ours qui approchent. Et quand tes provisions finissent par être épuisées, il te reste quand même quelque chose. Tu viens ici, tu creuses, tu emportes tout et tu es prêt pour un autre tour. Ou alors tu viens deux fois, mais pas davantage. Donc l'accès n'est pas censé être facile. Et si la nourriture se conserve, c'est parce qu'elle est complètement congelée en plus d'être fumée ou séchée et salée.

Ça me paraît logique, fit Roy.

Et voilà, dit son père en levant les bras. Je suis bon à quelque chose, hein ?

Peut-être.

Son père rit. Peut-être, hein ? Mon garçon commence à avoir le sens de l'humour. On commence à se sentir chez soi, pas vrai ?

Roy sourit. Un petit peu, je dirais.

Très bien.

Ils fêtèrent cela en coupant plusieurs arbres qu'ils débitèrent en pieux pour les parois de la cache. Ils travaillèrent toute la journée. À la nuit tombée, ils avaient transporté tous les pieux au bord du trou.

On les installera demain, fit son père. T'aurais pas environ un kilomètre de ficelle sur toi ?

Non.

Bon, on trouvera bien une solution. On n'a pas assez de clous non plus. Mais on va trouver une solution.

Cette nuit-là, Roy resta éveillé à l'affût des sanglots, il avait besoin de savoir si cela allait se produire chaque soir, mais il rouvrit les yeux au petit matin et se demanda s'il n'y en avait pas eu ou s'il avait tout simplement été incapable de rester éveillé. Difficile de savoir. Son père se cachait, à présent, et Roy devait faire semblant de n'être au courant de rien.

Avec la pelle, ils rejetèrent suffisamment de

terre dans le trou pour maintenir les pieux côte à côte. Les pieux n'étaient pas attachés, juste comprimés les uns contre les autres et enterrés.

Je crois que ça tiendra comme ça, fit son père. Avec la pression des aliments à l'intérieur et celle de la terre à l'extérieur.

Mais... et quand on prendra de la nourriture, demanda Roy, ou si un ours creuse et essaie de tout démolir ?

Son père le dévisagea, l'air pensif. Il l'observait d'un œil plus franc que Roy n'y était habitué, si bien que Roy évitait son regard, détaillait la barbe fine qu'il arborait désormais, ses cheveux plus longs sur les côtés et aplatis par la saleté sur le dessus de son crâne. Il ne ressemblait plus du tout à un dentiste, ni même à son père. Il ressemblait à un autre homme, un homme qui n'aurait pas grand-chose.

Tu réfléchis, dit son père. C'est bien. On peut discuter de ce qu'on va faire. J'ai pensé aux mêmes choses et j'ai l'impression qu'on va devoir tout enterrer en profondeur et tout recouvrir d'une épaisse couche de terre pour que les ours ne creusent pas, parce que s'ils parviennent à descendre jusque-là, peu importe comment on construit la cachette, rien ne les empêchera d'entrer.

Roy acquiesça. Il ne savait pas si le plan fonctionnerait, mais au moins c'était logique.

Et quand on sortira les provisions, peut-être vers la fin février, le sol sera tellement gelé que la structure ne bougera pas. Elle ne s'effondrera pas, même si on retire le bois, ce qu'on sera peut-être obligés de faire pour alimenter le poêle.

Roy sourit. Ça semblait pas mal.

D'accord.

Ils disposèrent le reste des pieux, comme les murs d'une petite ville fortifiée mais de quelques dizaines de centimètres de haut seulement, puis ils s'assirent pour observer l'ensemble.

Il faut un toit, dit Roy.

Et une porte. On va couper des longues perches qui feront toute la longueur du trou, et on trouvera un moyen de faire une trappe dans le toit. Peut-être juste un trou surmonté d'un second toit.

On n'a pas encore de nourriture à stocker, fit Roy.

Tu as tout à fait raison. Et on ne la stockera pas avant les premières neiges. D'ici là, il faut qu'on s'assure que le trou ne s'effondre pas.

On aurait dû attendre quelques mois pour le creuser, non ?

Ouais. On l'a creusé trop tôt. Mais c'est pas grave. On ne savait pas.

Au cours des deux jours suivants, sous la pluie, ils taillèrent des perches pour le premier toit et pour un deuxième, plus petit. Ils les scièrent à bonne longueur et les ébranchèrent à la hachette. Roy observait le visage grave et mal rasé de son père tandis qu'il s'affairait, la pluie froide gouttant du bout de son nez. Il semblait en cet instant aussi solide qu'une statue de pierre, ses pensées tout aussi immuables, et Roy ne pouvait rapprocher ce père de l'autre, qui pleurait et se désespérait et ne dégageait rien de rassurant. Roy avait de la mémoire, et pourtant il lui semblait que le père qui l'accompagnait à un moment précis de la journée était l'unique père qu'il pût avoir, et c'était comme si chacun de ces modèles successifs effaçait systématiquement les autres.

Quand ils eurent terminé de couper les perches pour les deux toits, ils les déposèrent prudemment et prirent un peu de recul. Les parois s'érodaient déjà autour des pieux de soutien et faisaient céder le toit, des ruisseaux de boue s'écoulaient dans la pluie incessante.

Certains pieux ne sont pas assez rigides, fit son père. Ils sont emportés. Tant pis.

Comment on peut les empêcher de s'effondrer ?

Je ne sais pas. On n'a pas de bâche. Peut-être que je me suis trompé. Peut-être qu'on s'y est pris trop tôt. J'imagine qu'il faudrait commencer à faire des réserves, maintenant.

Cette nuit-là, Roy n'eut pas longtemps à attendre pour entendre son père pleurer. À peine quelques minutes, et son père n'essayait plus de se cacher.

Je suis désolé, dit-il. Ce n'est pas à cause de la cache. C'est d'autres trucs.

C'est quoi ?

Eh bien, ma tête me fait souffrir tout le temps, mais ce n'est pas à cause de ça non plus.

Tu as mal à la tête ?

Ouais. Ça fait des années. Tu ne savais pas ?

Non.

Ah.

Pourquoi elle te fait mal ?

C'est mes sinus, je suis censé les faire opérer mais je n'en ai jamais pris la peine. En plus, ça ne marche pas à tous les coups et c'est une opération atroce. Mais ce n'est pas le problème. C'est juste que ça m'affaiblit, ça me fait pleurer plus facilement et ça me fatigue en permanence. Mais la raison principale, c'est que je ne sais pas vivre seul.

Et son père se remit à pleurer. Je sais que je ne suis pas seul, gémit-il. Je sais que tu es là. Mais je me sens tout de même trop seul. J'arrive pas à l'expliquer.

Roy attendait la suite, mais son père ne faisait plus que sangloter et cela continua ainsi un long moment. Roy ne comprenait pas comment il pouvait être là, juste à côté de son père, alors qu'aux yeux de ce dernier c'était comme s'il n'existait pas.

La pluie continuait et la cache s'effondrait toujours. Roy et son père se tenaient au bord du trou et observaient les pieux tombés au sol, ils réfléchissaient sans mot dire jusqu'à ce que son père lâche : Bon, on va sortir tout le bois et on réessaiera aux premières neiges.

Roy ne croyait pas qu'ils seraient encore là aux premières neiges, mais il acquiesça tandis que son père descendait au fond du trou, puis il attrapa le bois qu'il lui tendait pour le rapporter à la cabane. Roy savait que cette déception était bien pire pour son père que toutes les déceptions précédentes. Si Roy ouvrait la bouche en cet instant, son père ne l'entendrait sûrement pas. Roy commençait à comprendre comment son père fonctionnait, comment il sombrait dans ses pensées sans qu'on puisse plus l'atteindre, et comment tout ce temps passé seul en lui-même n'était pas bon et le poussait à s'enfoncer plus profondément encore.

Ils empilèrent le bois sur le côté de la maison, et lorsqu'ils eurent terminé ils observèrent le trou et la boue qui s'amoncelait au fond, les parois qui s'affaissaient. Ils levèrent ensemble les yeux au ciel, vers la grisaille sans profondeur ni fin, et rentrèrent.

Lorsque l'avion passa, quelques jours plus tard, Roy pêchait à plusieurs kilomètres au nord. Il pensa l'avoir entendu, puis crut l'avoir imaginé, mais il s'arrêta, tendit l'oreille et l'entendit de nouveau. Il remonta sa ligne, attrapa ses deux saumons et se mit à courir. Il était loin, sa vision obstruée par tant de petits bras de terre qu'il ne le vit pas pénétrer dans l'embouchure de leur crique. Il galopait sur la plage de galets et, quand il y était obligé, à travers les sous-bois pour redescendre aussitôt sur la berge, de plus en plus inquiet à l'idée d'arriver trop tard et de le rater. Il se disait que son père devait couper du bois, mais s'il était parti marcher de l'autre côté de la crête pour une raison obscure et s'il

n'y avait personne à la cabane ? Le pilote risquerait de ne pas revenir avant longtemps, il
laisserait un mot qui dirait : Appelez-moi sur la
radio si vous avez besoin de quelque chose. Et
il y avait autre chose, aussi, que Roy ne voulait
pas admettre. Même si son père était à la cabane,
que dirait-il ? Y avait-il une chance qu'il dise
que tout allait bien et qu'il renvoie le pilote en
lui demandant de ne pas revenir ? Ça ne semblait pas impossible et Roy devait partir, il devait
quitter cette île. Il lâcha les poissons et sa canne
à pêche pour accélérer le pas.

Il n'était qu'à une centaine de mètres de la
dernière pointe quand il entendit le ronronne-
ment du moteur, il s'arrêta pour voir l'avion
décoller de la baie, se détacher de sa propre
écume et s'élever maladroitement au-dessus du
chenal. Roy resta planté là en fixant le point où
l'appareil avait disparu, la respiration saccadée,
tenaillé par le sentiment qu'un événement terrible était survenu.

Il est parti, dit-il à voix haute. Je l'ai raté.

Il retourna chercher sa canne et ses saumons,
puis il rentra à la cabane.

Son père se tenait près de la pile de bois.
Tom est passé, fit-il quand Roy approcha.

J'ai entendu.

Oh. Eh bien, il n'est resté qu'une minute, j'ai
commandé les fournitures qui nous manquaient
et il s'arrêtera en chemin vers Juneau pour
nous les apporter la semaine prochaine. Enfin,
on n'est pas vraiment sur son chemin, je crois.

Et son père sourit, heureux de les savoir au beau milieu de nulle part.

Roy porta les saumons au bord de l'eau et les vida. Il les écailla prestement, leur coupa la tête, les nageoires et la queue. Il voulait partir. Peu importe ce que son père en penserait ; il allait partir, point final.

Tu veux partir ? demanda son père quand il le lui annonça au dîner.

Roy ne le répéta pas et continua de manger. Il se sentait terriblement malheureux, comme s'il était en train de tuer son père.

On ne se débrouille pas si mal, non ? demanda son père.

Roy refusait de céder. Il ne dit rien.

Je ne comprends pas, fit son père. On arrive enfin à quelque chose. On se prépare pour l'hiver.

Pourquoi ? pensait Roy. Juste pour réussir à passer l'hiver ? Mais il ne dit rien.

Écoute, fit son père. Il va falloir que tu me parles, sinon tu restes ici et la discussion s'arrête là.

D'accord, dit Roy.

Pourquoi est-ce que tu veux partir ?

Je veux retrouver mes amis, ma vraie vie. J'ai pas envie d'essayer de survivre à l'hiver.

D'accord. Très bien. Mais, et moi ? Tu m'as dit que tu resterais un an et j'ai fait des projets. J'ai démissionné et j'ai acheté cet endroit. Qu'est-ce que je suis censé faire si tu t'en vas ?

Je sais pas.

Tu n'y as pas réfléchi, pas vrai ?

Non. Roy se sentait affreusement mal. Je suis désolé, fit-il.

C'est pas grave, dit son père. Si tu dois t'en aller, alors vas-y. Je ne te retiens pas.

Roy avait envie de répondre qu'il allait rester, mais il n'y parvenait pas. Il savait que d'horribles malheurs lui tomberaient dessus s'il restait. Il fit la vaisselle et ils se couchèrent.

Tu sais, dit son père cette nuit-là tandis qu'ils attendaient le sommeil, tout est trop incontrôlable, ici. Tu as raison. Il faut être un homme pour supporter ça. Je n'aurais pas dû emmener un enfant avec moi.

Roy n'arrivait pas à croire que son père lui dise ça. Il ne ferma pas l'œil de la nuit. Il voulait partir. Il voulait s'échapper. Mais à mesure que les heures passaient, il savait qu'il allait rester. Il imaginait son père seul, il savait que son père avait besoin de lui. Au matin, Roy se sentait si mal qu'il prépara des pancakes et dit à son père : J'ai réfléchi et je n'ai plus envie de partir.

C'est vrai ? dit son père, puis il s'approcha de lui et posa la main sur les épaules de son fils. Ça c'est parler, dit-il, rayonnant. On va s'en sortir les doigts dans le nez. On va bientôt avoir des provisions fraîches, on mettra de côté suffisamment de poisson et de viande, et j'ai une nouvelle idée pour le toit de la cachette. Je me disais que...

Son père continua, excité, mais Roy ne l'entendait plus. Il ne croyait plus à tous ses plans saugrenus. Il avait la sensation qu'il venait lui-même de se condamner à une sorte de prison et qu'il était trop tard pour reculer.

Ils commencèrent la journée en cueillant des myrtilles. Ils étaient là depuis un mois, juillet touchait presque à sa fin, et s'il était encore un peu tôt pour les baies sauvages, celles qu'ils ramassaient seraient bonnes pour les confitures. Pendant qu'ils les déposaient dans des sacs de congélation, Roy se souvenait de Ketchikan et de son manteau rouge à capuche, et de toutes leurs randonnées sur la colline derrière la maison pour cueillir des myrtilles. Il se rappelait aussi le parfum de la fumée dans l'air, et toutes les couleurs de l'automne. En Alaska, les arbres n'étaient pas les seuls à changer, tout prenait une teinte différente, toute la végétation, et cela commençait dès le début du mois d'août. Il était encore trop tôt sur leur île, mais cela viendrait bientôt. Dans les régions du Nord, à Fairbanks où son père vivait, les couleurs changeraient d'ici quelque temps, peut-être changeaient-elles déjà en ce moment, et à la mi-septembre, toutes les feuilles minuscules des myrtilliers seraient tombées, celles des arbres aussi, ce serait la fin de l'automne et l'époque des premières neiges. Ici, cela arriverait plus tard, mais pas de beaucoup. Au cours d'un été à Ketchikan, il s'en souvenait, la neige était tombée en août. Il avait roulé dedans en tricycle en essayant d'attraper les flocons sur sa langue.

Plus tard dans la journée, ils s'étaient postés

sur la pointe et attrapaient un saumon presque à chaque lancer. Des bancs entiers arrivaient, ce n'étaient plus des saumons isolés. Ils les voyaient en nombre important sous l'eau claire, de sombres silhouettes en rangs, ondulant lentement et à l'unisson, encore un détail que Roy se rappelait. Ils s'étaient arrêtés dans de petites criques comme celle-ci, à bord de leur bateau à moteur, et Roy s'était dressé à la proue aux côtés de son père pour observer les saumons se masser au-dessous d'eux, et il en était venu à croire que toutes les eaux étaient ainsi, que toutes les eaux regorgeaient de poissons. Les leurres étincelaient au milieu des saumons, comme avant, Roy agitait le sien devant leur nez jusqu'à ce que l'un d'eux se rue dessus et le gobe. Puis il y avait un éclair argenté tandis que Roy tirait sur sa canne afin de ferrer l'hameçon. Il poussait un cri de victoire, comme son père, à chaque fois qu'un poisson mordait, et l'idée de rester ici ne lui semblait alors plus si affreuse. Quand il en eut pêché cinq, Roy vida ses saumons et les attacha à un fil par les branchies.

Quand on s'y mettra pour de bon, fit son père, on rapportera vingt ou trente saumons par jour à la cabane. On en aura tellement qu'on regrettera de ne pas avoir un deuxième fumoir.

L'avion revint la semaine suivante avec leurs fournitures : sacs plastique, planches de contre-plaqué, graines, conserves, agrafes, énormes sacs de sucre brun et de sel, une nouvelle radio et

des piles, des livres de Louis L'Amour pour son
père, un sac de couchage et un pot de glace au
chocolat surprise pour Roy. L'arrivée de l'avion
leur donnait l'impression de n'être pas si éloignés du monde, comme si la ville et les gens
comme Tom se trouvaient juste derrière la
pointe. Roy se sentait détendu, heureux et en
sécurité, et ce ne fut qu'une fois l'avion en plein
demi-tour pour repartir qu'il se rendit compte
que cette sensation ne durerait pas. Il le regarda
s'envoler et comprit que tout allait recommencer comme avant, qu'un mois ou deux passeraient, peut-être même plus, et il se souvint qu'ils
avaient prévu de rentrer pour une semaine au
moins à la fin de l'été, soit exactement en ce
moment. C'était ce qui était prévu à l'origine,
mais pour une étrange raison cela ne s'était pas
passé ainsi.

Il n'eut pas beaucoup de temps pour rumi-
ner cette idée. Lui et son père s'attelaient de
plus en plus sérieusement à leurs préparatifs.
Ils se levaient tôt et travaillaient souvent après
la tombée de la nuit. Les montagnes changeaient
rapidement, viraient au violet, au jaune et au
rouge, paraissaient s'adoucir dans la lumière
du soir, l'air se rafraîchissait, se purifiait et semblait se raréfier chaque jour davantage. Roy et
son père s'emmitouflaient désormais dans leurs
blousons et leurs bonnets tandis qu'ils sortaient
les saumons de l'eau, qu'ils coupaient du bois
pour l'empiler derrière les parois en contrepla-
qué. Affairés, l'esprit vide, ils œuvraient ensem-

ble à rassembler leurs provisions, leur relation devenue soudain plus simple. Roy dormait. Si son père pleurait, il n'en savait rien et, pour l'instant du moins, il ne s'en souciait pas franchement, peut-être parce qu'il savait désormais qu'il ne partirait plus, qu'il s'était engagé et qu'il resterait ici avec son père, que son père soit malade ou en bonne santé.

Ils commencèrent les leçons à domicile en fin de journée, deux ou trois soirs au cours de la première semaine. Roy lisait *Moby Dick* et son père parcourait un Louis L'Amour. Roy rédigeait des réponses à des questions détaillées, tatillonnes et insignifiantes à son goût, sur l'intrigue et le thème de l'histoire, tandis que son père s'extasiait : Eh bien, ça c'est ce que j'appelle un vrai western. Au bout d'une semaine à ce rythme, ils se rendirent compte qu'ils n'avaient pas le temps de continuer ainsi s'ils voulaient poursuivre tous leurs préparatifs, alors ils remirent les leçons à plus tard et retournèrent fendre du bois, fumer du poisson et chasser à temps plein.

Ils chassaient tout à présent, tout ce qui passait à leur portée et qui pouvait être fumé. Ils abattirent une femelle élan à plusieurs kilomètres de la cabane, sur un plateau marécageux où un cours d'eau venait se reposer avant de se jeter dans l'océan. Elle était seule et les regardait en mâchonnant, son pelage sombre et trempé, et quand ils tirèrent ensemble, elle tomba sur-le-champ, comme écrasée par un immense rocher. Son père transporta la carcasse morceau par morceau pendant que Roy gardait le reste sur place, une balle dans la chambre de sa carabine et le regard braqué sur les alentours tandis que l'obscurité s'installait, à l'affût des yeux rouges d'un ours ou de tout ce que son imagination pouvait inventer et craindre.

Ils pêchaient quantité de saumons comme l'avait promis son père, accrochaient les poissons à de longs fils qu'ils traînaient jusqu'à la cabane, bouche ouverte, leur corps rougeoyant en cette fin de saison et frémissant sur la terre ferme. Ils en attrapaient autant qu'ils pouvaient en vider, coupant et fumant la chair rose, rouge et blanche des saumons chinook, sockeye, bossu et keta.

Ils tuèrent une chèvre de montagne qui s'était aventurée près du rivage, Roy s'émerveillant du sang d'abord si rouge sur le pelage blanc avant qu'il ne vire au noir. Il faisait désormais un tel froid que l'animal dégageait un nuage de vapeur tandis qu'ils le vidaient. Le lendemain matin, le sommet des montagnes était couvert de neige, comme si l'esprit de la chèvre s'y était envolé, et au bout d'une semaine, la neige était descendue à mi-chemin de la cabane, couche blanche immobile dans l'air sans vent, étincelante dans l'après-midi.

Ils se remirent à travailler sur leur cache. Ses coins s'étaient arrondis et la terre tout autour s'était affaissée. Ils la creusèrent de nouveau, pelletée après pelletée, redessinèrent les parois et l'approfondirent jusqu'à la base rocheuse, puis Roy fit passer les pieux à son père, qui les fixa cette fois-ci avec de la ficelle avant d'en clouer les coins. Ils installèrent ensuite les perches sur le dessus, les attachèrent et les fixèrent sur les bords avec des clous de vingt-cinq centimètres enfoncés dans les pieux, puis ils arrimèrent un second toit, plus petit, au-dessus du trou irrégulier et ils reculèrent enfin pour admirer leur œuvre.

Ça m'a l'air bien, fit Roy.

Prêt à recevoir la nourriture.

Dans la cabane, la pièce adjacente était déjà pleine de poisson séché et fumé, de viande soigneusement empaquetée dans des sacs de congélation puis dans des sacs-poubelle. Ils commencèrent à l'aube pour finir de tout enterrer avant le crépuscule, afin de ne pas être obligés de monter la garde durant la nuit. Son père déposa tous les sacs ainsi qu'une grande pile de conserves que l'avion avait apportées au cas où le poisson et la viande fumés pourriraient pour une raison obscure, puis il cloua le second toit.

J'espère que ça ne se gâtera pas, dit-il.

Vaudrait mieux pas, fit Roy, et son père sourit.

Allez, on enterre tout et on oublie.

Ils répandirent une épaisse couche de cendres froides retirées du poêle pour masquer les odeurs, puis une rangée de pierre, puis de la terre qu'ils entassèrent haut afin qu'une fois tassée elle soit au niveau du sol, puis encore d'autres pierres surmontées d'une dernière couche de cendres.

Je ne sais pas si on fait ce qu'il faut, dit son père, mais on dirait bien que ça pourrait fonctionner.

Ils attrapèrent les derniers saumons de la saison, quelques Dolly Varden et des petits poissons de fond. À l'origine, ils avaient prévu de gonfler le Zodiac pour aller pêcher le flétan, mais son père décida de garder l'embarcation et l'essence pour les cas d'extrême urgence. Ils abattirent une autre chèvre de montagne. Le fumoir fonctionnait vingt-quatre heures sur vingt-quatre, même lorsque les premiers flocons se mirent à tomber sur le toit ; l'intérieur de la cabane ressemblait lui aussi à un fumoir, avec des lamelles de saumon, de Dolly Varden, de chabot, de morue lingue, de cerf et de chèvre qui refroidissaient dans tous les coins en attendant d'être mis sous plastique, et avec les sacs de congélation déjà pleins qui s'empilaient dans la pièce adjacente.

Ils allaient se coucher tous les soirs épuisés, Roy ne parvenait plus à rester éveillé pour écouter son père et il réussissait parfois à oublier que son père allait mal. Il commença même à s'imaginer qu'il allait bien, dans la mesure où il ne pensait plus vraiment à lui. Il vivait au jour le jour, chaque journée tout entière consacrée à une activité, puis il se couchait pour se lever à nouveau, et comme il travaillait aux côtés de son père, il imaginait que son père ressentait les mêmes choses. Si on lui avait posé des questions sur l'état de son père, il aurait été ennuyé et aurait jugé le sujet bien trop éloigné de leur quotidien pour y prêter attention.

La neige était fine et ne tenait pas longtemps près du rivage, ni même à plusieurs mètres derrière la cabane. Elle ne recouvrait pas entièrement la cache. Roy demanda à son père si le temps se maintiendrait ainsi, parce qu'il semblait bien que ce serait le cas. Son père dut pencher la tête en arrière pour faire remonter ses souvenirs.

À Ketchikan, la neige ne tenait pas longtemps. Mais je me souviens d'avoir skié aux alentours de la ville, je me rappelle les congères, le temps passé à déneiger, la boue qu'il fallait traverser en voiture, alors je dirais que la neige tenait un peu et finissait par s'amonceler. Mais c'est pas marrant, ça, que j'arrive pas bien à me le rappeler ?

Ils se rendaient plusieurs fois par jour à la cache, à l'affût d'une empreinte d'ours, de n'importe quelle empreinte, mais rien n'y venait jamais. Ces vérifications constantes finirent par leur paraître étranges, comme si cette minuscule parcelle de terre avait instillé en eux une peur inexplicable, alors ils décidèrent de la surveiller moins souvent, de se persuader que tout irait bien, surtout depuis que les jours raccourcissaient et se refroidissaient. Ils rentraient un peu plus tôt chaque soir de leur labeur au tas de bois ou au fumoir, ils avaient recommencé à lire et se lançaient parfois dans une partie de cartes. Ils jouaient à une sorte de belote normalement impossible à deux et son père discourait.

Tu te rappelles ce que je t'ai raconté sur le monde qui n'était qu'un grand champ, à l'époque où la Terre était plate ?

Ouais, dit Roy. Comment tout est parti en vrille après que tu as rencontré Maman.

Hé là, dit son père. J'ai pas dit ça. Bref, j'y ai repensé et ça m'a fait réfléchir aux choses qui me manquent et au fait que je n'ai pas de religion alors que j'en ai quand même besoin.

Quoi ? demanda Roy.

En gros, je suis foutu. J'ai besoin d'un monde animé, j'ai besoin qu'il me renvoie à moi-même. J'ai besoin de savoir que, quand un glacier bouge ou qu'un ours pète, j'ai quelque chose à voir là-dedans. Mais je n'arrive pas non plus à croire à ces conneries, alors que j'en ai besoin.

Qu'est-ce que ça a à voir avec Maman ?

Je ne sais pas. Tu me déconcentres.

Ils terminèrent leur partie et se couchèrent. Roy ressassait le discours de son père, et la personne à ses côtés lui semblait être un père bien étrange. Plus que toute autre chose, c'était le ton de sa voix, comme si la création du monde menait invariablement vers le Gros Plantage. Mais Roy évitait de trop réfléchir. Il avait vraiment envie de dormir.

La neige s'installa à plus basse altitude, et ils cessèrent de pêcher, d'utiliser le fumoir ou de couper du bois.

On est parés, de toute façon, fit son père. Il est temps de s'installer et de se détendre. Il faudra environ deux semaines avant que je pète les plombs.

Quoi ?

Je plaisante, dit son père. C'était une blague.

Ils lisaient à la lumière des lampes à paraffine en alimentant le poêle. Sur l'île autant qu'ailleurs, Roy avait du mal à se concentrer sur ses devoirs et il passait de longues heures à étudier les ombres oscillant sur les planches du mur en patientant jusqu'à l'heure du repas. C'était la nourriture la plus délicieuse et la plus désirée qu'il ait jamais mangée, tout ce poisson fumé, cette viande accompagnée de riz et de légumes en conserve. Son père lisait, soupirait et sombrait en de longues siestes.

Ils partaient encore en randonnée en emportant leurs armes avec eux, mais à mesure que la neige s'amoncelait, leurs sorties devinrent de plus en plus difficiles ; alors, pendant que Roy étudiait, son père se mit à fabriquer des raquettes. Il utilisa des branches fraîchement coupées et des lamelles de la peau d'élan qu'ils avaient salée et séchée. Tandis qu'il neigeait, ventait et pleuvait dehors, il se penchait sur les raquettes comme le dentiste qu'il était, les cousait avec soin et les testait à petits coups de doigts. *Finito*, déclara-t-il enfin, sa façon à lui de dire fini. Elles sont prêtes. On va faire un tour dans la neige, mon garçon.

Mais il vient juste de pleuvoir, lui rappela Roy.

Ouais, c'est vrai. Bon, on attend la prochaine chute de neige et on y va. Mais en attendant, il faut que j'aille me promener avant de me transformer en chamallow tout mou.

Moi aussi, fit Roy, et ils partirent marcher le long du rivage. Le temps était couvert et pluvieux, les vagues indistinctes, les eaux changeantes et déferlantes. Ils avançaient en silence le long de la berge plus escarpée qu'ils arpentaient rarement, autour de la pointe en direction du bras de terre suivant, jusqu'à ce que son père dise : Je crois que je ne peux pas vivre sans femmes. Je ne dis pas que c'est pas génial d'être ici avec toi, mais les femmes me manquent tout le temps. Je n'arrête pas de penser à elles. Je ne sais pas à quoi c'est dû. Je ne comprends pas comment une chose peut vous manquer à ce point quand on ne l'a pas. On a l'océan, ici, et la montagne et les arbres, mais c'est comme si tout ça n'existait pas tant que je n'aurais pas baisé avec une femme.

Ah, fit Roy.

Je suis désolé, dit son père. Je pensais à voix haute. Je me disais aussi qu'on ne peut pas laisser nos provisions sans surveillance si longtemps. Si un ours revient, on est foutus.

Son père retourna donc à la cabane, mais Roy décida de continuer à marcher un moment, et bien qu'il eût prévu de réfléchir à ce que son père lui avait dit, il se contenta d'observer l'eau et les rochers lisses sous ses bottes sans penser à rien.

Quand il rentra, son père écoutait la nouvelle radio. Un cliquetis revenait en boucle, puis une voix annonçait l'heure du méridien de Greenwich suivie d'un bilan des tempêtes sur le Pacifique Sud ; des vents violents semblaient souffler de toute part. Puis une autre fréquence, un son déformé et la voix lointaine d'un gars qui parlait de son super-équipement de CB — le sujet de conversation favori sur les ondes de radio amateur —, jusqu'à ce que son père finisse par l'éteindre avant d'aller faire cuire du riz.

Tom devrait revenir bientôt, dit-il.

Ah ouais ?

Ouais. Et je me disais. J'ai envie qu'on reste un peu plus longtemps ici, mais je sais que c'est pas marrant de m'écouter parler de ces choses-là, celles que j'ai évoquées aujourd'hui, alors si tu veux rentrer retrouver ta mère et Tracy, tu peux. Ça ne serait pas grave.

N'en parlons plus, fit Roy. Je t'ai déjà dit que je restais.

Son père ne se retourna pas pour le regarder durant leur conversation. Roy savait qu'il était en train de mettre à l'épreuve sa loyauté et de le jauger, alors il ajouta : J'ai pas envie de partir. Je reste ici jusqu'à l'été prochain.

D'accord, dit son père, mais il ne se retourna pas.

Tom revint et leur dit qu'il risquait de neiger plus fort. Il se tenait sur un des flotteurs de son avion, et eux sur le rivage à quinze mètres de lui, comme dans un monde différent, inaccessible depuis l'eau. Je ne serai pas toujours en mesure de venir, disait Tom. Quand le temps sera mauvais, je ne pourrai plus passer jeter un œil en chemin vers mes autres destinations, alors quand vous aurez besoin de quelque chose, il faudra me contacter par radio.

D'accord, répondit le père de Roy. Ça nous va.

La radio fonctionne bien ?

Ouais.

Et vous avez aussi la VHF, alors vous pourrez faire signe à quelqu'un qui passerait par là, et ils me transmettront le message. Au cas où un autre ours viendrait vous rendre visite pour le dîner. Tom sourit. Il était rasé de près, douché, ses vêtements étaient propres et il commençait à avoir froid sur le flotteur. Roy se rendit compte qu'il devait avoir le chauffage dans sa carlingue.

Très bien, dit Tom. Amusez-vous bien.

Il remonta dans l'avion, redémarra et fit demi-tour. Ils lui firent signe de la main, puis le moteur rugit et il disparut.

Nous y voilà, dit son père. Pour sûr. Et tous deux, au beau milieu de la nature, ne connaissaient pas les folies de l'humanité et vivaient dans la pureté.

On dirait la Bible, Papa.

Nous trotterons à travers la neige tels des chevaux et connaîtrons des hivers plus longs que Jack Frost. Le lichen et les hauts sommets purifieront nos âmes.

Je sais même pas à quoi ça ressemble, ça.

C'est de la poésie. Ton père fait partie de ces génies mineurs méconnus.

Roy prit conscience que ce n'était pas arrivé depuis longtemps. Puis il suivit son père à l'intérieur.

Il commença à neiger quelques jours plus tard, comme l'avait prédit Tom, et ils essayèrent leurs raquettes. Si elles semblaient maladroitement rivées à leurs bottes, elles remplissaient tout de même leur office. Roy et son père grimpaient sur les flancs de la montagne avec plus de facilité, le sol n'était plus meuble sous leurs pieds, et ils n'avaient plus à se frayer un chemin à travers la végétation ni à surveiller où ils marchaient pour déterminer si la terre supporterait leur poids ou non. Avec les raquettes, ils ne s'enfonçaient que de quelques centimètres à chaque enjambée, et la voie était partout dégagée. Il faisait froid, mais ils revêtaient plusieurs couches et, au fil de leur ascension, finissaient toujours par retirer des vêtements. Le temps était clair et ensoleillé. Ils voyaient au-delà des îles voisines, apercevaient d'autres horizons lointains, leur champ de vision s'étendait plus loin que jamais.

C'est le genre de choses que la plupart des gens ne voient jamais, dit son père. La plupart ne voient jamais cet endroit en plein hiver, et certainement pas depuis leur propre montagne par un jour ensoleillé. On est chanceux, voilà ce qu'on est.

Ils grimpèrent jusqu'au sommet, montèrent sur les rochers, et le paysage était toujours aussi clair. Ils voyaient toute leur île derrière, sans aucun autre signe de présence humaine, rien que les montagnes blanches et les arbres sombres qui s'étalaient en contrebas.

Son père étendit les bras et poussa un hurlement.

Roy s'émerveilla et écouta l'écho.

Je suis si content d'être vivant, dit son père.

Comme la journée n'était pas encore très avancée, ils poursuivirent leur route à mi-chemin sur l'autre versant, marchèrent jusqu'à la crête suivante et jusqu'au sommet voisin. Une autre vue magnifique, et différente aussi.

Plus bas, c'est dans cette vallée que j'ai tué l'ours, fit son père.

Waouh. Ça fait un sacré bout de chemin.

Oui.

Ils contournèrent le sommet et observèrent le paysage sous différentes perspectives.

Si tu pouvais avoir tout ce que tu voulais, n'importe quoi, dit son père, qu'est-ce que tu demanderais ?

Je ne sais pas, répondit Roy.

Tu ne laisses pas le temps à la question de s'imprégner en toi jusqu'à l'os, mon garçon. Qu'est-ce que tu demanderais ? C'est quoi, ton rêve ?

Roy réfléchissait et ne trouvait rien à répondre. Il avait l'impression qu'il était seulement en train d'essayer de survivre au rêve de son père. Mais il finit par dire : Un grand bateau avec lequel je pourrais aller jusqu'à Hawaï et peut-être faire le tour du monde.

Ah, dit son père. C'est un bon rêve.

Et toi ?

Et moi. Et moi. Il y en a tellement. Un bon mariage, je crois, et ne pas avoir rompu mes deux précédents, et ne pas être devenu dentiste, et ne pas avoir le fisc à mes trousses, et puis, après tout ça, peut-être un fils comme toi et un grand bateau.

Il serra Roy dans ses bras, ce qui le prit totalement au dépourvu. Roy se sentait gêné quand il le lâcha enfin. Il savait que son père allait se mettre à pleurer.

Heureusement, son père fit demi-tour et redescendit de la montagne. Ils continuèrent sans mot dire et lorsqu'ils atteignirent la dernière ligne droite avant la cabane, le terrible sentiment d'emprisonnement avait disparu. Roy dit : Qui a mangé ma soupe ? Qui a dormi dans mon lit ?

Son père rit. Il était temps d'aller jeter un œil à la cache.

Quand ils eurent enlevé leurs raquettes et se furent installés à l'intérieur près du poêle, son père lui dit : Tu sais, j'ai réfléchi à ce que tu as dit, quand tu m'as expliqué que tu m'avais déjà dit que tu voulais rester, et tu as raison. Je ne devrais pas me sentir mal à l'aise et m'excuser pour tout ce que je dis. Je devrais avoir confiance dans le fait que tu peux supporter certaines choses. Après tout, je ne serai jamais parfait ou sans problèmes, et je veux pouvoir parler avec toi, je veux que tu me connaisses, alors je vais arrêter de m'excuser comme ça.

Je pense que c'est une bonne chose, fit Roy.

Je t'en suis reconnaissant.

Roy se mit à lire son livre d'histoire en se disant qu'il n'avait jamais eu de conversations étranges comme ça avec sa mère, elle lui manquait. Elle et sa sœur devaient être en train de dîner en écoutant de la musique classique, si c'était bien du classique, ce truc qu'ils écoutaient toujours, et sa mère poserait des tas de questions à Tracy et Tracy pourrait lui parler. Mais son père semblait aller mieux, ce n'était pas une si mauvaise chose, alors il poursuivit sa lecture sur la guillotine et essaya de ne plus penser à la maison.

Il y a d'autres choses, aussi, fit son père. J'ai pensé à Rhoda et je me suis dit que ça pouvait encore s'arranger. Je commence à avoir une attitude plus positive. Je crois que j'arriverais à être plus attentionné, comme elle veut, à tenir mes promesses et à arrêter de lui mentir. Je crois que j'en suis capable, maintenant. C'est pas comme si je méritais une médaille ou si je cochais une liste de choses à faire, mais je crois que je pourrais m'améliorer. Je vais peut-être appeler l'opérateur sur les ondes courtes.

Bonne idée, dit Roy. Et il reprit sa lecture. *Les gens vivaient dans la terreur les uns des autres comme une bande de criminels tout juste arrêtés se demandant qui serait le premier à parler et à dénoncer l'autre, comme si chacun brandissait un couteau dans le dos de son voisin.* Ce livre donnait le sentiment de manquer d'informations concrètes. C'était censé être un livre d'histoire. Ne devait-il pas présenter des faits concrets ?

Ils jouèrent encore aux cartes tard dans la soirée et son père gagna toutes les parties.

Ma chance est en train de tourner, fit-il. Je suis un homme nouveau qui renaît de ses cendres. Mes ailes sont celles d'un aigle et je m'élève haut dans l'azur.

Bon sang, dit Roy.

Son père rit. D'accord, j'en fais un peu trop.

Ils continuaient à explorer l'île en raquettes, d'abord seulement quand il faisait beau, puis par ciel couvert, et enfin même sous la neige. Ils s'éloignaient de plus en plus, jusqu'à ce qu'un après-midi ils perdent toute visibilité alors qu'ils se trouvaient encore à quatre ou cinq heures de marche de la cabane.

Oh oh, fit son père. Il était à quelques pas de lui, mais Roy avait du mal à distinguer son blouson, sa capuche et l'écharpe qu'il avait enroulée autour de son visage. Il ressemblait à une ombre qui aurait pu être là mais aurait tout aussi bien pu ne pas y être. Son père dit autre chose que Roy n'entendit pas à cause du vent. Il cria à son père qu'il n'entendait rien.

J'ai dit : Je crois que j'ai merdé, hurla son père.

Super, fit Roy, suffisamment bas pour être le seul à l'entendre.

Son père se rapprocha et s'appuya sur lui. On a plusieurs solutions. Tu m'entends ?

Ouais.

On peut faire demi-tour et essayer de retrouver la cabane et de rentrer avant la nuit, mais on risque de se perdre, de s'épuiser, de se refroidir et de se retrouver coincés. Ou alors on peut profiter du jour et de l'énergie qui nous restent pour creuser un abri dans la neige, s'y abriter et espérer que le temps s'améliore demain. On n'aura pas grand-chose à manger, mais on sera peut-être plus en sécurité.

L'abri, ça pourrait être marrant, cria Roy.

C'est pas une question d'être marrant ou pas, dit son père.

Je sais, hurla Roy.

Oh. Désolé. Son père fit demi-tour et Roy fut obligé de le coller pour ne pas le perdre. Ils avancèrent jusqu'à un bosquet de cèdres et se mirent à creuser un abri dans une congère qui s'était amoncelée derrière les arbres, là où la neige était plus épaisse. Ils étaient déjà protégés du vent et Roy entendait désormais le souffle court de son père.

Et si ça s'effondre ? demanda Roy.

Espérons que ça ne sera pas le cas. C'est la première fois que j'en creuse un, mais je sais que les gens utilisent parfois cette méthode.

Ils creusèrent jusqu'à atteindre la terre, puis ils élargirent les côtés, mais les angles partaient dans tous les sens.

On ne va jamais pouvoir dormir là, fit son père.

Ils se décalèrent un peu et creusèrent une entrée plus petite, un peu plus bas, puis son père s'allongea sur le ventre et entra pour dégager l'intérieur, jusqu'à ce que le toit s'effondre sur lui et que seuls ses pieds dépassent de la neige. Roy se jeta sur le tas blanc et creusa frénétiquement pour dégager son père, qui parvint à reculer et à se relever en crachant : Merde.

Ils restèrent un moment immobiles, la respiration courte, à écouter le vent en le sentant refroidir.

T'as une idée ? demanda son père.

Tu ne sais pas comment on fait ?

C'est pour ça que je te pose la question.

Peut-être qu'il nous faut plus de neige, fit Roy. Peut-être qu'on n'en a pas assez ici pour creuser un abri de survie.

Son père réfléchit un moment. Tu sais quoi ? dit-il enfin. Tu as peut-être raison. Je crois qu'il faut rentrer à la cabane. Même si c'est complètement idiot, je n'ai pas de meilleure idée. Tu en as une, toi ?

Non.

Ils partirent en direction de la crête, de nouveau exposés au vent. Roy luttait pour rester à la hauteur de son père et ne pas être séparé de lui. Il savait que s'il le perdait de vue l'espace d'une minute, son père ne l'entendrait pas crier, qu'il s'égarerait et ne retrouverait jamais le chemin de la cabane. Observant l'ombre noire qui bougeait devant lui, il prit conscience que c'était précisément l'impression qu'il avait depuis trop longtemps ; que son père était une forme immatérielle et que s'il détournait le regard un instant, s'il l'oubliait ou ne marchait pas à sa vitesse, s'il n'avait pas la volonté de l'avoir là à ses côtés, alors son père disparaîtrait, comme si sa présence ne tenait qu'à la seule volonté de Roy. Roy était de plus en plus effrayé et fatigué, il avait le sentiment de ne plus pouvoir continuer et il commença à s'apitoyer sur son sort, à se répéter : Je ne peux plus supporter ça.

Quand son père s'arrêta enfin, Roy se cogna à son dos.

On a dépassé la crête. Je crois qu'il faut suivre celle-ci et en traverser une dernière avant d'atteindre la cabane. J'aimerais bien savoir quelle heure il est. On dirait qu'il fait encore jour, mais impossible de savoir si on aura de la lumière encore longtemps.

Ils se reposèrent un instant, puis son père demanda : Tu vas bien ?

Je suis fatigué, répondit Roy, et je commence à frissonner.

Son père dénoua son écharpe et Roy pensa qu'il allait la lui donner, mais il l'attacha d'abord au bras de Roy, puis au sien. Ce sont les symptômes de l'hypothermie, dit son père. Il faut continuer à avancer. Il ne faut pas que tu cèdes à la fatigue et il ne faut pas que tu t'endormes. Il faut continuer à avancer.

Ils marchèrent encore, les pas de Roy se faisaient plus légers et le laps de temps entre chacune de ses enjambées s'allongeait. Il se souvenait des virées à l'arrière du Suburban de son père, entre Fairbanks et Anchorage, enseveli sous plusieurs sacs de couchage, et de la route qui le berçait doucement. Sa sœur était à l'arrière, elle aussi dans un des duvets, et ils avaient fait un arrêt à une cabane en bois pour manger des hamburgers géants et les plus gros pancakes que Roy ait jamais vus.

Roy avait vaguement conscience de l'obscurité et du crépuscule, d'un choc et d'un réveil suivi d'un nouveau balancement, et quand il ouvrit les yeux, il se trouvait dans leur cabane, dans un sac de couchage, et son père était collé contre son dos dans le noir. Roy devinait qu'ils étaient tous les deux nus, il sentait les poils de la poitrine et des jambes de son père contre sa peau. Il avait peur de bouger mais il se leva, trouva une lampe torche et éclaira son père, roulé en boule sur le flanc dans le sac de couchage, le bout de son nez noir, la peau du visage mal en point. Roy enfila des vêtements secs à la hâte car il avait froid. Il remit du bois dans le poêle, l'alluma et resserra le duvet autour de son père avant de trouver le sien ; il s'y allongea, frotta ses mains et ses pieds jusqu'à être réchauffé, puis il se rendormit.

Quand il s'éveilla de nouveau, il faisait jour, le poêle dégageait une bonne chaleur et son père l'observait, assis sur une chaise.

Comment tu te sens ? lui demanda-t-il.

J'ai soif et j'ai vraiment très faim.

Ça fait deux jours, dit son père.

Quoi ?

Deux jours. On n'est pas revenus ici avant le

lendemain et on a dormi toute la nuit suivante. Je t'ai préparé un peu de nourriture chaude, là sur le poêle.

C'était de la soupe de pois cassés. Roy parvint seulement à en manger un petit bol avec quelques biscottes avant de se sentir rassasié, bien qu'il sache qu'il était encore affamé.

Ton appétit reviendra, dit son père. Attends juste un peu.

Qu'est-ce qui t'est arrivé au visage ?

Une petite engelure, je crois. J'ai été un peu brûlé. Je ne sens plus le bout de mon nez.

Roy considéra cela un instant, se demanda si le visage de son père se rétablirait complètement, mais il avait peur de lui poser la question, alors il finit par dire : On a failli ne pas s'en sortir, hein ?

C'est vrai, fit son père. Ça s'est joué à pas grand-chose. J'ai failli nous tuer tous les deux.

Roy n'ajouta rien, son père non plus. Ils passèrent la journée à manger, à alimenter le poêle et à lire. Ils se couchèrent tôt et tandis que Roy s'endormait, il ne ressentait pas l'exaltation qu'on était censé éprouver, imaginait-il, lorsqu'on échappait à la mort de justesse. Il se sentait juste épuisé et un peu triste, comme s'ils avaient laissé quelque chose là-bas.

Au matin, son père passa plus d'une heure à la radio avant de parvenir à joindre Rhoda, mais il tomba sur son répondeur.

Oh…, fit-il dans le micro. J'aurais voulu discuter avec toi. Ça va faire débile de le dire sur le répondeur, mais je crois que j'ai changé, ici, et peut-être que je me suis amélioré. C'est tout. J'avais envie de te parler. J'essaierai de rappeler plus tard.

Quand il éteignit la radio, Roy lui demanda : Si tu arrivais à lui parler, et si elle en avait envie, est-ce que tu quitterais immédiatement l'île pour aller la retrouver ?

Son père hocha la tête. Je ne sais pas ce que je suis en train de faire. Elle me manque, c'est tout.

Ils passèrent encore un jour dans la cabane, à lire, à manger et à rester au chaud sans parler beaucoup. Puis ils jouèrent à la dame de pique avec un joueur virtuel, sans grand succès.

J'ai pensé à Rhoda, dit son père. Peut-être qu'un jour tu trouveras une femme qui ne sera pas forcément gentille avec toi mais qui te rappellera qui tu es. Rhoda n'est pas dupe, tu vois ?

Roy, bien sûr, ne voyait pas du tout. Il n'avait jamais eu de copine, à part Paige Cummings peut-être, qui lui avait plu pendant trois ans, et Charlotte, qu'il avait embrassée une fois, mais il connaissait mieux les filles des magazines pornos que les vraies.

Ce soir-là, quand ils eurent terminé leur partie de cartes, son père fit une autre tentative à la radio pendant que Roy faisait la vaisselle. Il parvint à la joindre, cette fois.

Mais qu'est-ce que tu crois, Jim ? dit Rhoda. Tu pars quelques mois et tu penses que tu as changé, mais comment ça se passera quand tu reviendras et que tu te retrouveras dans les mêmes situations qu'avant, avec les mêmes personnes ?

Roy commençait à être gêné. Il n'y avait aucune intimité quand on parlait à la radio. Alors il se sécha les mains et enfila ses bottes pendant que son père gagnait du temps en disant : Je, euh… j'attends que Roy sorte.

Puis Roy émergea de la cabane pour la première fois depuis quatre jours, ses bottes s'enfoncèrent dans la neige et il se dirigea vers le rivage. Il n'y avait ni glace ni neige au bord de l'eau. Il ne faisait pas assez froid, supposait Roy, ou bien alors le sel faisait tout fondre. Il ramassa des galets et les jeta sur les fines plaques de glace plus loin dans la crique, les faisant craquer et exploser comme des vitres de voiture. Il ne savait pas combien de temps il était censé poireauter là, sûrement un bon moment. Il marcha au-delà de l'embouchure de la rivière jusqu'à un point en contrebas, tout en restant près de l'eau, hors de la neige épaisse, et il se demanda s'il y avait encore des poissons dans la baie. Il devait forcément y en avoir puisqu'ils n'avaient nulle part où aller, mais il n'avait pas la moindre idée de la manière dont ils survivaient. Il s'interrogeait sur ce que son père et lui faisaient ici, en plein hiver. Ça paraissait vraiment débile.

Quand son père avait posé la question à sa mère, pour savoir si Roy pouvait partir avec lui sur l'île, sa mère n'avait pas répondu, elle n'avait pas passé le téléphone à Roy. Elle avait raccroché et lui avait rapporté la requête de son père en lui demandant d'y réfléchir. Puis elle avait attendu quelques jours avant de lui demander pendant le dîner s'il avait envie d'y aller. Roy se souvenait d'elle en cette seconde, avec ses cheveux tirés en arrière et son tablier encore noué à la taille. Cela avait ressemblé à une sorte de cérémonie organisée avec bien plus de sérieux qu'il n'y avait été habitué. Même sa petite sœur Tracy avait gardé le silence, les yeux rivés sur eux. Il chérissait le souvenir de ces instants, à présent. Il avait eu l'impression d'être en mesure de décider lui-même de son avenir, même s'il savait qu'elle voulait l'entendre dire non, et savait aussi qu'il dirait non.

Ce fut la réponse qu'il avait donnée ce soir-là.

Pourquoi ? avait-elle voulu savoir.

Je n'ai pas envie de partir d'ici, de quitter mes amis.

Elle avait continué à manger sa soupe et s'était contentée d'acquiescer doucement.

Qu'est-ce que tu en penses, toi ? avait demandé Roy.

Je pense que tu réponds ce que tu crois que j'ai envie d'entendre. J'aimerais que tu y réfléchisses à nouveau, et si la réponse est non, très bien, tu sais que moi et Tracy on a envie que tu restes ici et que tu me manqueras si tu t'en vas. Mais je veux que tu prennes la meilleure décision, et je ne suis pas sûre que tu y aies réfléchi assez longtemps. Quoi que tu décides, sache que ce sera la meilleure décision que tu pourras prendre, peu importe ce qui arrive ensuite.

Elle ne l'avait pas regardé dans les yeux en lui disant cela. Elle avait parlé comme si elle avait eu connaissance des événements futurs, comme si elle avait pu lire dans l'avenir. L'avenir qu'il avait vu en cet instant, lui, c'était son père en train de se suicider, seul à Fairbanks, et Roy qui l'avait abandonné.

N'y va pas, avait dit Tracy. J'ai pas envie que tu y ailles. Puis elle était partie dans sa chambre en courant et avait pleuré jusqu'à ce que sa mère aille la consoler.

Roy y pensa pendant plusieurs jours. Il se voyait en train d'aider son père, de le faire sourire, tous deux randonnant, pêchant, se promenant sur des glaciers scintillant dans les rayons du soleil. Sa mère, sa sœur et ses amis lui manquaient déjà, mais il sentait que tout cela dégageait un parfum d'inévitable, qu'il n'avait en réalité pas le choix.

Quand sa mère lui avait à nouveau posé la question au dîner, quelques jours plus tard, il avait répondu que oui, il avait envie d'y aller.

Sa mère n'avait rien dit. Elle avait posé sa fourchette et pris plusieurs inspirations profondes. Il avait vu ses mains trembler. Sa sœur était retournée dans sa chambre et sa mère avait été obligée de l'y suivre. Il avait ressenti à ce moment précis que c'était comme si la mort venait de frapper. S'il en avait su autant qu'il en savait à présent, il ne serait jamais venu. Mais il en voulait à sa mère, pas à son père. C'est elle qui avait tout arrangé. À l'origine, il avait voulu dire non.

Les nuages étaient hauts et fins, d'énormes cercles clairs entouraient la lune. L'air était blanc et semblait presque enfumé au-dessus du chenal. Il n'y avait pas un brin de vent, le silence était total, alors Roy marcha lourdement sur les galets et la neige pour entendre le bruit de ses bottes. Puis il eut froid et retourna à pas lents vers la cabane.

Quand il entra, son père était assis par terre près de la radio, les yeux rivés au sol, un silence de mort à l'autre bout du fil.

Alors ? demanda Roy en le regrettant sur-le-champ.

Elle est avec un type, un dénommé Steve, fit son père. Ils vont s'installer ensemble.

Je suis désolé.

C'est pas grave. C'est de ma faute.

Comment ça, c'est de ta faute ?

Je l'ai trompée, je lui ai menti, j'étais égoïste, aveugle et stupide, je la considérais toujours comme acquise et puis, quoi d'autre ? Il doit bien y avoir encore autre chose. C'était une déception globale, je dirais, et voilà : elle me vire et c'est de ma faute. Le vrai truc, je crois, c'est que je n'étais pas à ses côtés quand elle a vécu toute cette histoire avec ses parents. Ça me semblait trop lourd à porter. Et j'imagine que je l'ai laissée gérer ça toute seule. Je veux dire, je pensais qu'elle avait de la famille pour l'aider, tu vois ?

Rhoda avait perdu ses parents dans une affaire de meurtre-suicide, dix mois plus tôt. Roy n'en avait pas entendu grand-chose, seulement que la mère avait utilisé un fusil sur son mari et un pistolet sur elle-même, puis Rhoda avait découvert que sa mère l'avait rayée du testament. Roy ne comprenait pas vraiment ce dernier élément de l'histoire, mais ça faisait partie d'un ensemble bien trop atroce pour y penser.

Elle s'est sentie abandonnée, fit son père.

Peut-être que les choses vont changer, dit Roy, juste pour dire quelque chose.

C'est ce que j'espère.

Une violente tempête s'installa le jour suivant. L'eau semblait se fracasser sur le toit et contre les murs en un rideau épais comme une rivière et non comme quelques gouttes portées par le vent tant le choc était puissant. Ils n'apercevaient rien derrière les fenêtres, que la pluie, la grêle et quelques flocons occasionnels qui les heurtaient à angles variables. Ils alimentaient le poêle en permanence et son père sortait à la hâte pour rapporter des bûches. Il y retourna à trois reprises, frigorifié et jurant, puis il empila le bois avec la nourriture dans la pièce adjacente avant d'aller se tenir près du feu pour se sécher et se réchauffer.

Ça souffle comme s'il ne devait pas y avoir de lendemain, fit son père. Comme si la pluie cherchait à effacer tous les jours du calendrier.

De temps à autre, la cabane tout entière tremblait, les murs semblaient bouger.

Le toit ne risque pas de s'envoler ou je sais pas quoi, hein ? demanda Roy.

Non. Ton père n'achèterait pas une cabane avec un toit amovible.

Tant mieux.

Son père essaya la radio une fois encore en disant : Je ne vais pas être long. Je veux juste lui dire quelques trucs. Tu n'es pas obligé de sortir.

Mais il n'obtenait aucun signal dans la tempête et il abandonna.

Elle ne voudra pas le croire, dit-il. J'ai essayé de l'appeler et l'orage m'en a empêché. Mais à l'heure des comptes, je ne l'aurai pas appelée et la tempête n'existera pas à ses yeux.

Ce n'est peut-être pas tout à fait comme ça, fit Roy.

Comment ça ?

Je ne sais pas.

Écoute, dit son père. L'homme n'est qu'un appendice de la femme. La femme est entière, elle n'a pas besoin de l'homme. Mais l'homme a besoin d'elle. Alors c'est elle qui décide. C'est pour ça que les règles n'ont aucun sens et qu'elles changent sans cesse. On ne les établit pas ensemble.

Je ne suis pas sûr que ce soit vrai, fit Roy.

C'est parce que tu as grandi avec ta mère et ta sœur, et que je n'étais pas là. Tu es tellement habitué aux règles établies par les femmes que tu les trouves logiques. Ça te facilitera sûrement la tâche, mais ça veut aussi dire qu'il y a des choses que tu ne verras jamais clairement.

C'est pas comme si j'avais eu le choix.

Tu vois ? Ça, c'est un exemple. J'essayais de faire passer un argument, mais tu l'as retourné pour me culpabiliser, pour me faire comprendre que je n'avais pas fait mon devoir, que j'avais enfreint les règles et n'avais pas été un bon père.

Eh bien, peut-être que tu ne l'as pas été. Roy commençait à pleurer à présent, mais il aurait voulu se retenir.

Tu vois ? fit son père. Tu ne connais que la manière féminine de te disputer. Tu chiales toutes les larmes de ton corps, putain.

Seigneur, fit Roy.

Peu importe, dit son père. Il faut que je sorte d'ici. Même si une putain de tornade souffle dehors, je vais marcher un peu.

Il enfila son équipement, Roy faisait face au mur et s'efforçait de calmer ses pleurs, mais il ne pouvait plus s'arrêter tant la situation lui semblait injuste et brutale. Il pleurait encore après le départ de son père, puis il se mit à parler à haute voix. Qu'il aille se faire foutre. Putain, va te faire foutre, Papa. Va te faire foutre. Ses sanglots redoublèrent et il émit un étrange couinement en essayant de les ravaler. Arrête de chialer, putain, dit-il.

Il s'arrêta enfin, se lava le visage, mit une bûche dans le poêle, s'allongea dans son sac de couchage et lut. Quand son père revint, plusieurs heures s'étaient écoulées. Il tapa ses bottes contre le porche, rentra et ôta son équipement, puis il s'approcha du poêle et prépara le dîner.

Roy écoutait les bruits de cuisine, le hurlement du vent dehors et les rafales de pluie contre les murs. Il avait l'impression qu'ils pourraient continuer ainsi longtemps sans mot dire, il pensait même que ce serait peut-être plus simple ainsi.

Tiens, fit son père en posant les assiettes sur la table à cartes au milieu de la pièce. Roy se leva et ils mangèrent sans se regarder et sans parler. Ils se contentaient de mastiquer leurs pâtes au thon et au chabot et d'écouter les murs. Puis son père dit : Tu peux faire la vaisselle.

OK.

Et je ne vais pas m'excuser, dit son père. Je le fais trop souvent.

OK.

La tempête continua pendant cinq jours, cinq jours d'attente à ne rien dire, à se sentir cloîtré. Parfois, Roy ou son père sortait pour rapporter du bois ou pour marcher, mais ils passaient le reste du temps à lire, à manger et à patienter, et son père essayait de joindre Rhoda sur les ondes courtes ou sur la VHF, sans succès.

On penserait au moins pouvoir se connecter pendant quelques minutes, dit son père. À quoi ça sert, cette merde, si on ne peut pas l'utiliser dans le mauvais temps ? On est censés avoir des urgences que quand il fait beau ?

Roy eut envie de répondre : Heureusement

qu'on n'en a jamais eu besoin, histoire de relancer la conversation, mais il avait peur que ses propos soient interprétés comme une sorte de commentaire sur le besoin incontrôlable que son père avait de Rhoda, alors il garda le silence.

Quand son père finit par établir un contact, la tempête s'était calmée. Roy sortit sous la bruine fine, le sol était si détrempé qu'il avait l'impression de marcher sur des éponges. Les arbres dégoulinaient de toutes parts, de grosses gouttes tombaient sur la capuche et les épaules de son blouson imperméable. Il se demanda qui était vraiment Rhoda. Il avait passé beaucoup de temps avec elle, bien sûr, quand elle et son père étaient mariés. Mais ses souvenirs étaient ceux d'un enfant ; comment elle menaçait de planter une fourchette dans leurs coudes s'ils les posaient sur la table pendant le dîner, par exemple, et une image d'elle saisie au vol dans l'entrebâillement de la porte de la salle de bains. Quelques disputes entre elle et son père, mais rien de précis. Ils avaient divorcé un an plus tôt, quand il avait douze ans, mais tout était différent, désormais, toutes ses perceptions. Comme si la vie à treize ans était totalement distincte de celle que l'on menait à douze. Il ne se souvenait pas de ses pensées ni du fonctionnement de son cerveau, parce qu'à cette époque il ne réfléchissait pas au fonctionnement de son cerveau, si bien qu'il ne pouvait rien comprendre de cette période de son existence, comme si ses souvenirs appartenaient à quelqu'un d'autre.

Rhoda aurait pu être n'importe qui. Tout ce qu'elle représentait pour lui, aujourd'hui, c'était cette chose que son père tenait absolument à avoir, un désir aussi fort que celui de la pornographie, un besoin qui rendait son père malade, bien que Roy sût que c'était faux, qu'il avait tort de penser qu'elle le rendait malade. Il savait que son père s'infligeait cela tout seul.

À l'extrémité de la pointe, Roy s'assit sur une grosse branche de bois flotté, trempée et glaciale. Il observa les volutes de sa respiration s'éloigner, regarda l'eau et aperçut un petit bateau au loin, à environ un kilomètre et demi. Un événement extrêmement rare. Un petit bateau à moteur sorti pour pêcher ou pour camper, équipé de bidons d'essence supplémentaires fixés le long de la rambarde de proue. Roy bondit sur ses pieds et agita les bras, mais il était bien trop loin pour distinguer une éventuelle réponse. Il devinait la tache sombre de la cabine dans laquelle devaient se tenir une ou plusieurs personnes, mais il ne voyait rien de plus précis.

Il se demanda s'il lui arriverait un jour la même chose qu'à son père avec Rhoda. Il espérait que non, mais il savait en quelque sorte à l'avance que ce serait certainement le cas. En cet instant, il avait surtout envie de s'occuper et il aurait voulu être au chaud dans la cabane. Il faisait trop froid dehors. C'était un endroit misérable.

Quand il revint, il était encore trop tôt, mais il ne ressortit pas. Il estimait qu'il était resté dehors suffisamment longtemps.

Je sais bien, disait son père. Je ne dis pas ça. Roy est rentré, au fait. Il était dehors.

La voix de Rhoda émergea, grésillante, déformée par les ondes. Jim, Roy ne sera pas le seul à entendre ça. Tous ceux qui possèdent une radio amateur vont l'entendre.

Tu as raison, répondit son père. Mais ça m'est égal. C'est trop important.

Qu'est-ce qui est important, Jim ?

Qu'on parle, qu'on arrange la situation.

Et comment va-t-on arranger la situation ?

Je veux qu'on se remette ensemble.

Ils écoutèrent les parasites pendant une trentaine de secondes avant que la voix de Rhoda revienne.

Je suis désolée d'être obligée de dire ça devant Roy et tous les autres, Jim, mais on ne se remettra jamais ensemble. On a déjà essayé des tas et des tas de fois. Il faut que tu m'écoutes, que tu écoutes ce que j'ai à te dire. J'ai rencontré quelqu'un, Jim, et je vais l'épouser j'espère. Et de toute façon, peu importe. On ne reviendrait pas ensemble quoi qu'il arrive. Certaines choses doivent finir et on doit les laisser finir.

Roy faisait semblant de lire pendant que son père restait assis, courbé devant la radio.

Putain de radio, dit son père à Rhoda. Si on était ensemble maintenant, face à face, ça serait différent. Puis il coupa la communication.

Roy leva les yeux. Son père était penché en avant, les bras sur les genoux, la tête baissée. Il se frottait le front. Il demeura ainsi longtemps.

Roy ne trouvait rien à dire, alors il ne disait rien. Mais il se demandait pourquoi ils étaient là, quand tout ce qui semblait importer à son père se trouvait ailleurs. Cela ne lui semblait pas logique du tout que son père soit venu s'installer ici. Il commençait à se demander si son père n'avait pas échoué à trouver une meilleure façon de vivre. Si tout cela n'était pas qu'un plan de secours et si Roy, lui aussi, ne faisait pas partie d'un immense désespoir qui collait à son père partout où il allait.

Il n'y eut plus de bons moments après cela. Son père se repliait sur lui-même et Roy se sentait seul. Son père lisait quand le temps était exécrable et se promenait seul quand il n'était que mauvais. Ils ne parlaient que pour dire des choses comme : Peut-être qu'on devrait préparer le dîner, ou : Tu n'aurais pas vu mes gants ? Roy observait son père en permanence et ne découvrait aucune brèche dans la coquille de son désespoir. Son père était devenu inaccessible. Puis Roy rentra un jour d'une balade pour le trouver assis devant la radio, son pistolet à la main. Un silence étrange régnait, à l'exception des quelques bourdonnements et sifflements qui s'échappaient de l'appareil.

Jim ? fit Rhoda à l'autre bout. Ne me fais pas ça, connard.

Son père éteignit la radio et se leva. Il dévisagea Roy dans l'embrasure de la porte, observa la pièce autour de lui comme s'il était gêné par un détail minuscule et cherchait quelque chose à dire. Mais il resta muet. Il s'approcha de Roy et lui tendit le pistolet, puis il enfila son blouson et ses bottes avant de sortir.

Roy le suivit des yeux jusqu'à ce qu'il disparaisse derrière les arbres. Il regarda le pistolet dans sa main. Le chien était armé et il apercevait une douille cuivrée. Il le rabaissa en tenant le pistolet pointé loin de lui. Puis il réarma le chien, porta le canon à sa tempe et fit feu.

DEUXIÈME PARTIE

Sous les arbres, Jim entendit le coup de feu sans savoir de quoi il s'agissait. Il se demanda un instant s'il l'avait vraiment entendu, se dit que c'était le cas. Roy devait faire une scène. Il allait canarder leur cabane parce qu'il avait besoin qu'on s'occupe de lui maintenant. Jim continua à grimper. Il espérait que Roy tirerait sur la radio.

Il bruinait, le brouillard était bas, les arbres pareils à des fantômes, et l'île tout entière semblait inhabitable. Jim poursuivit son chemin, le bruit de sa respiration comme unique rythme, unique chose animée. Il n'arrivait pas à penser à Rhoda. Elle était devenue une sensation, une part de son être qu'il ne pouvait suffisamment dissocier de lui-même pour y penser. Elle était un manque et un regret qui grossissaient en lui comme une tumeur. Cette fois, elle le faisait pour de bon, elle le quittait vraiment. Jim se sentait à nouveau sur le point de pleurer, alors il accéléra et compta ses pas en cadence, un-deux-trois-quatre par série, cinq-six-sept-huit, encore et encore. Il marcha jusqu'à ce que la fatigue l'oblige à s'arrêter, puis il fit demi-tour et redescendit, mais l'idée d'arriver à destination, d'avoir à trouver une occupation pour passer le temps lui déplaisait. Les journées étaient si longues.

Lorsqu'il s'approcha de la cabane, il trouva la porte entrouverte et en fut exaspéré. C'était typique de Roy, de sortir en trombe pour sa petite promenade sans fermer derrière lui, au risque de les faire mourir de froid.

Quand il poussa la porte et baissa les yeux, il vit son fils. Le corps de son fils, pas vraiment son fils, car la tête manquait. Arrachée, déchiquetée, rouge, des cheveux noirs collés sur les côtés, du sang partout. Il regarda à ses pieds et recula en comprenant qu'il marchait sur un morceau détaché, un morceau de la tête de son fils. Un morceau d'os.

Il resta immobile à se balancer et à observer et à respirer. Il balaya la pièce du regard mais il n'y avait rien à voir, puis il dut s'asseoir et s'installa dans l'embrasure de la porte à quelques pas de Roy, et dès qu'il entendit son nom dans son esprit, il se mit à trembler, il paraissait pleurer mais ne pleurait pas réellement et ne laissait échapper aucun son. Qu'est-ce qui se passe ici ? demanda-t-il à haute voix.

Il toucha le blouson de Roy et secoua doucement son épaule. Il scruta le sang sur sa main, puis le moignon qui restait de la tête de Roy, et de l'intérieur, il hurla.

Et ses hurlements ne faisaient rien d'autre que se combler eux-mêmes, il était comme un acteur prisonnier de sa propre douleur, incapable de savoir qui il était véritablement ni quel rôle jouer. Il agita les mains en l'air en un mouvement maladroit et les fit claquer contre ses cuisses. Il s'éloigna encore de Roy mais c'était étrange, encore un rôle, et il ne savait toujours pas quoi faire. Personne ne le regardait. Et même s'il était impossible que ce soit son fils, c'était tout de même son fils, là devant lui.

Il y avait des morceaux blancs à l'intérieur. Il attendait qu'ils virent au rouge, mais ils restèrent ainsi. Bientôt, des petites mouches entrèrent en scène, des moucherons et autres insectes se posaient à l'intérieur du crâne de son fils, rampaient et sautaient de-ci, de-là. Il les chassait mais ne voulait pas toucher sa tête, alors ils revenaient. Il se pencha tout près et leur souffla dessus, respirant la puanteur du sang, puis il empoigna le blouson de Roy, attira son fils sur ses genoux, révélant la partie intacte du visage de l'autre côté du moignon, une mâchoire, une joue et un œil qui étaient restés dissimulés contre le sol. Il regarda tout ça et continua longtemps à le fixer, puis il secoua Roy en le regardant lorsqu'il était en mesure d'y voir quelque chose et n'était pas aveuglé par les haut-le-cœur, une seule pensée à l'esprit : Pourquoi ? Ça n'avait aucun sens. C'était lui qui avait eu peur de faire ça. Roy allait bien, il allait bien depuis toujours.

Non, répéta-t-il à voix haute, bien qu'il sût

que c'était idiot. Il s'efforçait de continuer à réfléchir car dès qu'il s'arrêtait des sanglots terribles le secouaient. Et pourtant, il était conscient de cela aussi. Comme s'il ne pouvait plus réintégrer le monde et agir inconsciemment. Comme si chaque pensée, chaque sentiment, chaque mot, tout ce qu'il voyait était artificiel, même son fils mutilé. Comme si son fils mort devant lui n'était pas assez réel.

Il reposa Roy sur le sol et regarda le sang sur ses mains, sur son blouson et sur son jean, du sang partout, alors il se leva, alla jusqu'au rivage et entra dans l'eau. Il haleta sous le coup du froid, les jambes déjà engourdies. Comme des moignons. À ce mot la terreur le déchira — des moignons — et il fut secoué de sanglots hideux. Il marcha, marcha encore dans l'eau peu profonde, glissa, plongea sous la surface, remonta, puis ressortit de l'eau, tremblant de froid. Il revint auprès de Roy, toujours étendu là, mort, sans avoir bougé. Il venait tout juste de le voir vivant. À peine une heure plus tôt, Roy était en forme.

Jim ressentait une rage incontrôlable. Il entra dans la cabane à la recherche de quelque chose, il s'approcha de la radio, la souleva et la précipita au sol, puis il la frappa du pied, encore et encore, avant de saisir la lampe tempête qu'il lança contre le mur où elle explosa, alors il empoigna la VHF et la jeta avant de passer à un sachet de saumon fumé ouvert sur la table, puis il colla un coup de pied dans la table et s'arrêta au milieu de la pièce car quelques minutes à peine venaient de s'écouler, peut-être moins, et cette rage destructrice n'avait aidé en rien. Elle ne l'intéressait même pas. Tout ça lui avait donné l'illusion de la vie, mais ce n'était plus rien à présent.

Jim s'assit près de Roy et le regarda. Il était le même, invariablement le même. Il ramassa le Magnum .44 là où il avait rebondi, à quelques pas de là. Il porta le canon à sa tempe mais le rabaissa et partit d'un rire sauvage. Tu ne peux même pas te tuer, dit-il à voix haute. Tu peux jouer à celui qui va se tuer. Tu vas rester réveillé et repenser à tout cela à chaque minute pendant les cinquante prochaines années. Voilà ce que tu as gagné.

Puis il pleura en s'apitoyant autant sur lui-même que sur Roy. Il le savait et s'en méprisait, mais il retira ses vêtements mouillés, enfila ses habits les plus chauds et sanglota pendant des heures sans interruption, sans fin, en se demandant s'il s'arrêterait un jour.

Mais bien sûr, il s'arrêta au cours de la soirée. Roy était toujours sur le sol, Jim ne savait pas quoi faire de lui. Il se rendait compte qu'il allait devoir s'occuper de son fils, il ne pouvait pas le laisser là, sur le sol. Alors il contourna la cabane et alla chercher une pelle. Le soleil s'était déjà couché, l'obscurité s'installait, mais il fit une centaine de pas derrière le bâtiment et se mit à creuser, puis il s'aperçut qu'il était trop près des latrines, ce qui ne lui plaisait pas, alors il s'éloigna en direction des arbres, vers la pointe, et se remit à creuser, mais il tomba sur des racines. Il revint avec la hache, il fendit et fora jusqu'à obtenir un trou d'un peu plus d'un mètre de profondeur plus long que le corps de Roy, et à cette idée, le corps de Roy, il se remit à pleurer, et quand il finit par s'arrêter et par revenir à la cabane, c'était le beau milieu de la nuit.

Roy était dans l'embrasure de la porte et bloquait le passage. Il n'avait toujours pas bougé. Jim s'agenouilla pour le soulever, mais ce qui restait de sa tête roula, humide et froid, contre le visage de Jim qui vomit, le laissa tomber, puis marcha en rond devant le bâtiment en répétant : Seigneur.

Il rentra, ramassa Roy et le porta rapidement jusqu'à la tombe, il essaya de l'y déposer avec soin mais il finit par l'y laisser tomber, hurla, se frappa et sauta à pieds joints au bord de la tombe parce qu'il avait laissé tomber son fils.

Il lui paraissait soudain évident qu'il ne pouvait pas faire ça, qu'il ne pouvait pas enterrer Roy ici. Sa mère voudrait le voir. L'idée d'être obligé de tout lui raconter lui vrillait l'estomac et il se précipita dans la forêt, trébuchant et s'apitoyant sur son sort, et quand il revint il faisait déjà presque jour, même à travers la ramure des arbres.

J'ai merdé, dit-il. Accroupi près du trou, il se balançait. J'ai vraiment merdé, ce coup-ci. Puis il se souvint de la mère de Roy, Elizabeth. Il serait obligé de lui dire. Il devrait lui dire, à elle et à tous les autres, mais il savait qu'il ne pourrait pas tout raconter. Il ne dirait pas qu'il avait tendu le pistolet à Roy. Il redoubla de sanglots incontrôlables, comme si une force lui déchirait le corps, et il avait envie que cela cesse mais ne voulait pas non plus s'arrêter car au moins ça lui faisait passer le temps. Au bout d'un moment, quand le jour se fut complètement levé, ses pleurs cessèrent abruptement et il resta au bord du trou, les yeux baissés sur Roy à se demander quoi faire. La mère de Roy voudrait le voir. Il ne pouvait pas se contenter de l'enterrer là. Elle voudrait organiser ses funérailles, elle voudrait savoir comment c'était arrivé. Il devrait le lui dire. À elle et à Tracy.

Oh mon Dieu, fit-il. Il devrait annoncer à Tracy que son grand frère était mort. Elle voudrait le voir, elle aussi. Il se demanda un instant s'il y avait un moyen d'arranger un peu le visage de Roy, mais il comprit sur-le-champ que c'était une idée absurde.

Il tendit la main dans le trou et tira Roy, puis le souleva de nouveau pour le porter à la cabane. Il était lourd, froid et raide, étrangement courbé à force d'être resté dans le trou, et il était couvert de terre. Il y avait de la terre dans sa tête. Il ne voulait pas regarder, mais il y jetait des coups d'œil et s'inquiétait. Ça ne ferait pas bonne impression.

Jim allongea son fils dans la pièce principale, puis il s'assit contre le mur opposé et l'observa.

Il ne savait pas quoi faire. Il savait qu'il lui faudrait agir vite, mais il ne savait pas comment.

Bon, finit-il par dire. Il faut que je leur dise. Il faut que je l'apprenne à sa mère. Il se dirigea vers la radio mais vit qu'il l'avait réduite en miettes, se souvint qu'il avait également détruit l'émetteur VHF. Nom de Dieu ! hurla-t-il de toutes ses forces avant de coller un autre coup de pied dans l'équipement. Ses sanglots repartirent de plus belle, mi-pleurs, mi-cris. Ils pouvaient se déclencher n'importe quand, ils avaient une volonté propre, et si pleurer était censé soulager, ce n'était pas le cas pour lui. C'étaient des sanglots terribles, de ceux qui blessent et qui transforment tout en une épreuve de plus en plus insupportable, et s'ils lui faisaient passer le temps, ils semblaient à chaque fois ne plus vouloir s'arrêter. Il fallait éviter ça. Quand Jim parvint à y voir clair, il alla au bateau qu'ils avaient attaché derrière la cabane, retourna chercher la pompe, le moteur, les gilets de sauvetage, les fusées de détresse, les rames, la corne de brume, la pompe de cale, des bidons d'essence supplémentaires, tout, et il porta l'ensemble sur la plage, y transporta aussi l'embarcation qu'il gonfla, y fixa le moteur et chargea le matériel. Puis il rentra chercher Roy.

Roy était toujours appuyé contre le mur dans une position bizarre, raide. Le côté intact de son visage était visible mais la peau virait au jaune et au bleu comme celle d'un poisson gonflé, et Jim vomit de nouveau, obligé de ressortir, et il aurait aimé ne jamais avoir à retourner dans la cabane, tout en disant : C'est mon fils, là-dedans.

Quand il rentra, il jeta un œil à Roy, détourna le regard et se demanda comment il allait le transporter. Il ne pouvait pas simplement le jeter dans le bateau. Il pensa aux sacs-poubelle mais se remit à pleurer et à hurler : C'est pas un putain de déchet. Quand il fut calmé, il étendit un sac de couchage, y glissa Roy avant de remonter la fermeture éclair et de tirer la ficelle pour refermer la capuche à l'extrémité. Il hissa Roy sur son épaule et le porta jusqu'à l'embarcation.

Bien, dit-il. Ça devrait marcher. On va trouver quelqu'un qui nous aidera.

Il retourna chercher des provisions et de l'eau dans la cabane, mais quand il entra il ne se rappelait plus ce qu'il était venu chercher, alors il ferma la porte et reprit le chemin du bateau.

Il l'avait gonflé trop loin de l'eau, il déchargea Roy et les bidons d'essence, puis il traîna l'embarcation jusqu'au rivage avant d'y replacer les bidons et son fils. Quand il la mit enfin à l'eau, l'après-midi était déjà bien avancé, ce n'était pas très malin, il s'en rendait compte, mais il tira la corde pour démarrer le moteur, et quand ce dernier s'éveilla en une toux rauque, Jim repoussa le starter puis enclencha une vitesse et ils s'éloignèrent. L'eau était très calme dans leur crique, le ciel gris, l'air lourd et humide. Il essaya d'accélérer pour glisser sur l'eau mais ils étaient trop chargés, il ralentit à cinq ou six nœuds en sortant de la crique. Il frissonnait dans le vent, son fils emmitouflé dans le sac de couchage.

De l'autre côté de la pointe, ils furent exposés à une brise froide qui s'engouffrait dans le chenal, des vaguelettes venaient s'écraser contre le bateau et en éclaboussaient l'intérieur.

C'est pas très bon, dit Jim à son fils. On n'a pas fait le choix le plus intelligent. Mais il continua en se demandant où il allait. Je ne sais pas, dit-il tout haut. Peut-être vers les autres maisons, où qu'elles soient. Mais elles doivent bien être à une trentaine de kilomètres. C'est pas la porte à côté. Il faudrait qu'un bateau nous trouve.

Puis il repensa à la mère de Roy, à son visage quand elle apprendrait la nouvelle, à son visage quand elle avait appris les autres choses, quand il lui avait dit qu'il couchait avec Gloria, par exemple. Ils avaient déménagé et essayé d'arranger la situation, il avait été celui qu'elle avait voulu pendant tout un mois, trente jours exactement à être affectueux, à s'efforcer de ne pas penser aux autres femmes. Quand elle venait dans le lit, souriante et heureuse, il aurait voulu qu'elle ne le touche plus jamais. Il lui avait avoué qu'il avait fait semblant pendant ce dernier mois, que ce n'était pas vraiment lui, et son visage en cet instant, son visage quand ils avaient annoncé aux enfants qu'ils allaient divorcer, et maintenant, ça. Ce n'était pas comparable aux autres choses. C'est pas une simple chose, dit-il à voix haute en sanglotant. Il ne voyait plus rien, ne pouvait plus diriger le bateau et ils dévièrent leur course dans le chenal, se penchèrent et embarquèrent de l'eau jusqu'à ce qu'il se ressaisisse.

Et Tracy. Elle le haïrait. Toute sa vie. Sa mère aussi. Tout le monde. Et ils auraient raison. Et que dirait Rhoda ? Elle saurait très bien qui était responsable.

Le bateau était difficile à manier et le courant le faisait dériver. Jim essaya à nouveau d'accélérer, mais la proue se contentait de fendre l'air sans toucher la surface, alors il reprit sa vitesse de croisière. Tout était gris, froid, complètement vide. Aucun bateau en vue, aucune maison nulle part. Quand il parvint au milieu du chenal, à mi-chemin de l'île voisine, l'après-midi touchait à sa fin. Jim était agité de frissons incontrôlables, inquiet de manquer d'essence, inquiet de l'apparence de Roy quand ils accosteraient enfin, inquiet de la personne à qui il devrait s'adresser en premier.

Il s'arrêta à deux reprises pour écoper, puis continua vers le rivage, devenu son idée fixe, ne voulant plus avoir à s'inquiéter d'aller plus loin pour la journée. Il avait si froid qu'il en était engourdi et qu'il avait du mal à réfléchir. Il pensait : Je me demande si…, puis son cerveau s'arrêtait un instant et il se demandait à nouveau si le rivage était loin. Il se rendit compte enfin que l'hypothermie le gagnait, que s'il n'accostait pas et ne se réchauffait pas, il aurait des problèmes. Il se demandait pourquoi il n'avait pas emporté davantage de vêtements, son équipement pour dormir et des provisions. Il avait faim.

Quand il s'approcha enfin de la plage, le soleil allait bientôt se coucher, Roy était trempé et ils n'avaient encore croisé personne. Jim alla chercher du bois tandis que Roy gardait le bateau, Jim voulait faire un feu, il empila les branches qu'il avait trouvées, mais elles étaient humides et il n'avait pas d'allumettes, alors il pleura. Puis il retourna au bateau, dit : Désolé à Roy avant de le faire rouler hors du sac de couchage sur la grève pour s'y installer à son tour et essayer de se réchauffer, et quand il se réveilla plus tard dans l'obscurité, il se sentait frigorifié mais étrangement vivant. J'ai eu de la chance, se dit-il, mais il pensa ensuite à Roy, émergea du sac de couchage pour le retrouver, effrayé qu'il ait été mangé ou traîné au loin, mais il le repéra, plus ou moins semblable à la veille, bien qu'il fût difficile d'en être certain étant donné qu'il n'avait pas de lampe torche et que Roy n'avait plus qu'une moitié de tête. L'idée lui semblait amusante et Jim se mit à rire une seconde avant de s'effondrer en sanglots. Oh Roy, dit-il. Qu'est-ce qu'on va faire ?

Jim dormit encore et au matin Roy avait sans aucun doute été en partie grignoté. Des mouettes tournoyaient encore près de lui. Jim leur courut après, des cailloux à la main, et les poursuivit si loin sur la plage qu'à son retour d'autres étaient déjà revenues et étaient en train d'arracher des petits morceaux de Roy.

Jim le replaça dans le sac de couchage, en noua l'extrémité et chargea le bateau. Ce coup-ci, dit Jim. Ce coup-ci, on trouve quelqu'un.

En chemin, il eut faim et il eut froid, il avait du mal à garder les yeux ouverts. Il n'apercevait ni cabane ni bateau, mais il continuait à fendre les vagues, scrutait les alentours, essayait de ne pas réfléchir mais réfléchissait tout de même à ce qu'il allait dire. Je ne sais pas pourquoi il a fait ça, s'imaginait-il dire à Elizabeth. Je suis rentré d'une balade un après-midi et il était là. Aucun signe précurseur, aucun indice. Je n'aurais jamais pensé qu'il puisse faire une chose pareille. Mais il s'effondra à nouveau, car il n'y avait effectivement eu aucun indice, il n'aurait jamais pensé que Roy puisse faire ça. Roy avait toujours été solide. Bien sûr, ils se disputaient de temps à autre, mais leur relation n'était pas mauvaise, il n'avait eu aucune raison d'agir ainsi. Va au diable, dit-il à voix haute. Tout ça n'a aucun sens, putain.

Alors qu'il contournait une autre pointe, il aperçut un bateau au large, lancé vers le chenal voisin. Il arrêta le moteur, se débattit avec une fusée de détresse, parvint enfin à l'allumer et la brandit au-dessus de sa tête, dégageant une fumée orange, brûlante et puant le soufre, mais le bateau, un engin énorme, un putain de yacht immense transportant une centaine de passagers dont un au moins devait forcément regarder

149

dans sa direction, passa son chemin et disparut derrière la côte.

Jim continua donc à longer l'île à contre-courant, à une vitesse d'environ cinq nœuds, en se demandant à quel point il connaissait la région. Il se demandait s'il ne risquait pas de continuer le long de cette île et des suivantes et de tomber en panne sans jamais croiser personne. Cela semblait possible. Ce n'était pas comme si la région était très peuplée. Mais en fin d'après-midi, après qu'il eut versé les dernières gouttes d'essence et qu'il fut certain de tomber en panne et de devoir se laisser porter par le courant, il vit un bateau à moteur traverser le chenal en direction de l'île où Roy et lui vivaient, d'où ils venaient. Ils auraient pu le héler depuis leur rivage. Jim sortit une autre fusée, frappa l'extrémité munie de la sécurité, mais rien ne se passa, il la frappa encore, suivit des yeux le bateau qui avançait vite et les dépassait déjà. Il empoigna la dernière fusée, la frappa et la déclencha en la levant à bout de bras, le bateau vira légèrement vers lui, il était sûr que les passagers l'avaient aperçu. Mais l'embarcation reprit son cours normal, elle avait dû éviter un tronc flottant ou un obstacle quelconque à la surface, la fusée s'éteignit et le bateau ne fut bientôt plus qu'un minuscule point dans la grisaille.

Jim hurla encore et encore, s'en prenant au rivage, à l'eau, à l'air, au ciel, à tous les éléments, il jeta la torche brûlée et resta assis là, les yeux rivés sur le sac de couchage qui contenait Roy, puis sur ses mains posées sur ses genoux. Le bateau tanguait et dérivait, l'eau froide léchait son siège et le bas de son dos.

Jim poursuivit, contourna un autre petit bras de terre et leva la tête juste à temps pour apercevoir une cabane qui disparaissait derrière les arbres. Il rebroussa chemin et vit qu'elle était plus grande qu'il ne l'avait cru, une véritable maison, aurait-on dit, une résidence d'été. Il accosta sur une petite plage de galets et laissa Roy à bord le temps d'inspecter les lieux.

La cabane était dissimulée derrière un bosquet de sapins, il avait eu de la chance de la voir bien qu'elle ne fût pas très loin du rivage. Un sentier y menait, et lorsqu'il s'en approcha, il vit que c'était une cabane en rondins suffisamment grande pour être une résidence permanente, avec plusieurs pièces et des volets à toutes les fenêtres, complètement barricadée pour l'hiver.

Ohé, fit-il. Puis il s'avança jusqu'au porche, recouvert des débris laissés là par la tempête, et il sut que la cabane était vide. Hé, cria-t-il, il se trouve que je suis venu avec mon fils mort. On pourrait peut-être entrer et discuter un peu, dîner et passer la nuit chez vous, qu'est-ce que vous en dites ?

Il n'y eut pas de réponse. Il retourna vers Roy et le bateau et tenta de raisonner. La journée était bien avancée, il n'avait rien vu d'autre. Il puisait déjà dans ses dernières réserves d'essence. Elles ne dureraient pas longtemps, il frissonnait, il était affamé et nauséeux. Peut-être auraient-ils laissé quelque chose à manger dans la maison. Peut-être aussi une radio. Ils auraient sûrement une couverture et un poêle avec du bois. Il avait vu la cheminée sur le toit. Il avait eu de la chance de se réchauffer un peu la nuit dernière. Il n'avait pas été certain d'y parvenir avec ce sac de couchage humide, et il ne pourrait certainement pas tenir une seconde nuit ainsi tant il était affaibli. Il savait qu'il devait livrer Roy, mais à dire vrai, le gamin n'avait pas si bonne mine. Jim émit un rire lugubre. T'es un sacré numéro, dit-il à voix haute. T'es un sacré père, et un vrai comique, aussi.

Attends-moi ici, dit-il à Roy, puis il retourna à la cabane et, cette fois-ci, il en fit le tour. Il cherchait un moyen d'entrer. Toutes les fenêtres étaient protégées par des volets très certainement fermés de l'intérieur. La porte d'entrée était équipée d'un énorme cadenas et Jim découvrit qu'il en allait de même pour la porte arrière. Il étudia chaque recoin, mais ils n'avaient laissé aucun moyen d'accès, pas même une vitre à casser.

Bon, fit-il. Un silence total régnait, à part les quelques gouttes tombant des arbres. Le soleil allait bientôt se coucher. Il n'avait ni lampe torche, ni nourriture. Il continua son exploration et trouva l'abri à bois. La porte était cadenassée, là aussi, mais elle semblait peu solide, il trouva une pierre de bonne taille qu'il lança dessus avec un craquement ; la pierre rebondit vers lui, l'obligeant à sauter de côté pour l'éviter. Bon sang, dit-il. Il se précipita contre la porte, tomba, se releva et recommença. Il respirait avec difficulté. Il colla un coup de botte au centre du battant, puis d'autres, et il le sentait plier à chaque pression sans pour autant céder, alors il retourna au bateau.

Il y vit le sac de couchage en appui, avec Roy à l'intérieur, et se rendit compte qu'il avait oublié son fils l'espace de quelques minutes. L'idée même qu'il en soit capable l'attristait mais il ne s'arrêta pas pour s'apitoyer sur son sort. Il avait du pain sur la planche avant la nuit. Il détacha le moteur de la poupe, le porta avec raideur jusqu'à la cabane et le posa devant le porche. Il devait peser au moins cinquante livres, tout en métal.

Jim retourna chercher la pierre avant de revenir à la cabane. Il avait espéré trouver une hache, une scie, ou n'importe quel outil dans l'abri, mais il avait finalement décidé de s'attaquer directement à la porte de l'habitation principale. La pierre à la main, il martela chaque porte et volet jusqu'à en trouver un, à la fenêtre de la cuisine, qui semblait un peu moins solide. Sûrement parce que la fenêtre était plus grande, pensa-t-il. Il transporta le moteur de l'autre côté de la cabane, l'attrapa à deux mains par le capot et projeta l'hélice dans le volet ; l'hélice se tordit très légèrement et lui fit perdre l'équilibre si bien qu'il manqua tomber sous le moteur.

Il avait passé le stade des jurons ou des hurlements. Il ne ressentait plus qu'une haine froide et meurtrière ; il voulait détruire cette cabane. Il ramassa le moteur, cette fois-ci par le côté plus étroit et plus léger, parvint à en soulever l'autre extrémité plus lourde en tournant l'engin comme un lanceur de poids, tournoya à plusieurs reprises et le jeta contre le volet avant de sauter en arrière.

Le craquement émis fut monstrueux et l'appareil retomba sous le porche, le capot brisé.

Bien sûr, fit Jim. Le capot est en plastique. Il l'ouvrit et le souleva, complètement tordu et cassé et laissant apparaître le moteur en acier, le cœur de l'engin. Il le fit tourner à nouveau, le projeta contre la porte en hurlant. Le moteur rebondit et manqua le renverser, mais il brisa partiellement le volet. Il le ramassa, le lança deux fois encore et, quand il eut terminé, le moteur était en miettes mais le volet aussi, ainsi que la vitre derrière lui, et il avait trouvé un moyen d'entrer.

À l'intérieur, la cabane était sombre, il n'y avait ni électricité, ni lumière. Il explora la cuisine dans l'obscurité et finit par trouver des allumettes, puis une lampe à paraffine qui projetait des ombres étranges sur tous les murs tandis qu'il fouillait les pièces les unes après les autres. Il découvrit un poêle à bois dans la cuisine, un autre pour le chauffage dans le salon avec un tas de bûches à proximité. Une chambre se trouvait à côté, complètement vidée, le matelas nu sans couverture. L'endroit tout entier avait été préparé en prévision de l'hiver. Jim continua à inspecter les placards, les étagères et les tiroirs, sous le lit, sous le canapé, et finit par trouver deux paires de draps et une couverture dans le tiroir d'une commode.

Bien, dit-il. Maintenant, où est la nourriture ? Vous n'apportez pas toutes vos provisions à chaque fois. Vous devez bien stocker quelque chose ici. Des conserves ou je ne sais quoi. Mais où ?

Il fouilla la cuisine qu'il trouva étonnamment vide. Mais il débusqua quelques boîtes de soupe dans un tiroir et des légumes en conserve dans un autre.

C'est pas assez, fit-il. Pas assez. J'ai un garçon en pleine croissance avec moi, un gamin costaud. Vous devez bien avoir un cellier. Dans un bel endroit comme ça, vous devez avoir une petite cache intérieure. Il martela le sol de la cuisine et y chercha des loquets, puis il inspecta le salon et souleva le petit tapis, puis ce fut le tour de la chambre. Abandonnant la lutte et retournant à la cuisine, son ombre paraffinée collée à lui comme un double agile, il aperçut une poignée dans le couloir entre la cuisine et le salon.

Sésame, ouvre-toi, dit Jim en soulevant le loquet pour découvrir dans le cellier une centaine de conserves, de bocaux, de bouteilles, de paquets lyophilisés d'Alpine Minestrone, de glace à la vanille et, dans un grand sac, des sachets de saumon fumé emballé sous vide. OK, dit-il.

Roy était toujours dans le sac de couchage. Il le hissa sur son épaule et le fit passer par la fenêtre de la cuisine en s'efforçant de ne pas déchirer le tissu sur les tessons de verre, sans succès. Il grimpa derrière lui.

C'est l'heure de se mettre au boulot, dit-il. Il faut qu'on se sente comme chez nous. Il traîna Roy jusqu'à la chambre, où il resterait au frais et en dehors de son chemin. Puis il alluma un feu dans la cuisine et se retint d'utiliser celui du salon afin d'économiser le bois. Lui dormirait là, dans la cuisine. Cela permettrait de maintenir Roy à une température suffisamment froide.

Il ouvrit une conserve de raviolis et déposa la boîte à même le poêle, puis il décida de ne pas être aussi paresseux et d'utiliser une petite casserole. Il réchauffa du lait concentré dans une autre casserole et se prépara un chocolat chaud. Une petite gâterie, dit-il. Il mangea dans la cuisine à la lueur de la lampe et chercha quelque chose à lire, quelque chose où reporter son attention. Il n'arrêtait pas de penser à Roy et à la mère de Roy, cela ne lui plaisait pas, alors il explora la cabane en quête de lecture, ne trouva rien mais tomba sur des photos de famille dans la chambre, qu'il rapporta avec lui et qu'il regarda pendant son repas.

C'était une famille laide. Une fille au visage de perroquet, un fils avec de grandes oreilles, des yeux trop rapprochés et une bouche tordue en un rictus étrange. Les parents n'étaient pas géniaux non plus, l'homme était un intello râblé

et la femme s'efforçait de prendre un air surpris devant l'objectif. Ils voyageaient visiblement
partout durant leurs vacances. Des chameaux,
des poissons tropicaux, Big Ben. Jim ne les
aimait pas et ne se sentait pas coupable de manger leurs provisions. Allez vous faire foutre, dit-
il aux photos tandis qu'il avalait ses raviolis.
Mais il se lassa vite et se retrouva assis à la table
éclairée par la lampe sans rien pour détourner
son attention. Pause, fit-il.

Bien qu'il fît maintenant noir et très froid,
Jim retourna au bateau et rapporta tout son
équipement sous le porche, puis il traîna l'embarcation derrière la cabane et la laissa là avant de
faire passer ses affaires par la fenêtre. Il les
porta dans la chambre avec Roy, qui était toujours étendu là dans son sac de couchage, sans
rien faire, sans participer, comme un gosse.
Comme tu veux, dit Jim à Roy. Il repartit à la
cuisine et installa son lit à même le sol.

Il se réveilla à plusieurs reprises cette nuit-là,
hanté par l'idée qu'un événement affreux venait
de se produire, alors Roy lui revenait à l'esprit
et il se mettait à pleurer, puis il se rendormait,
terrassé par la fatigue. Il ne rêvait pas, ne voyait
rien. C'était à chaque fois sous le coup de la
peur qu'il s'éveillait, la respiration comprimée,
le sang lui martelant les tempes, l'impression
que le ciel s'effondrait sur lui. Au matin, alors
qu'il faisait jour depuis plusieurs heures et qu'il
s'était enfin levé, la sensation ne s'était pas totalement évanouie.

Il alimenta le poêle et voulut faire bouillir de l'eau pour préparer un porridge Malt-O-Meal, mais le robinet restait vide. Très bien, bande de connards, dit-il, bande de perroquets, où est l'arrivée d'eau ? Il explora la cuisine et la cave, puis sortit à l'arrière de la cabane en quête du robinet, en vain. Il grimpa jusqu'à l'abri, toujours rien, alors pendant deux ou trois heures, il arpenta la colline derrière la maison, pas à pas, jusqu'à trouver enfin un tuyau partiellement enterré et recouvert d'écorce. Il le suivit à quatre pattes, les doigts courant le long de l'installation jusqu'à trouver le robinet. Il le tourna et rentra pour voir l'eau chargée d'air gicler dans l'évier.

Très bien, dit-il, donne-moi un filet régulier, et comme si les choses lui obéissaient au doigt et à l'œil, le robinet cessa de crachoter pour émettre un jet d'eau claire et fraîche.

Il prépara le Malt-O-Meal, y ajouta du sucre brun et s'assit, mais il avait besoin de fixer son attention sur quelque chose et il n'avait rien sous les yeux. Alors il alla dans la chambre, tira Roy, toujours dans son sac de couchage, et tenta de l'installer sur l'autre chaise de la cuisine, mais il refusait de se plier dans le bon sens. Le sac bleu était désormais affreusement tâché, toujours humide et sombre au niveau de la capuche.

Bon, fit-il. Puisque tu refuses de t'asseoir correctement. Il fouilla dans les tiroirs, trouva une paire de ciseaux et de la ficelle qu'il enroula tout autour de Roy ; il l'attacha à un barreau et à un pied de la table, puis à un crochet qui émergeait du mur pour pendre les casseroles. Roy finit donc par se tenir droit dans son sac de couchage, et Jim put enfin s'asseoir et manger.

Ton père devient franchement bizarre, dit-il à Roy. Et on peut pas dire que tu n'y sois pour rien. Enfin, pour dire la vérité, tu veux savoir la vérité ? Eh bien, quelque part, je me sens mieux ainsi. Je ne sais pas à quoi c'est dû.

Jim se concentra sur son repas et quand il eut terminé, il fit la vaisselle. Il s'essuya les mains sur son jean et se tourna vers Roy. Bon, mon grand, dit-il, il est temps de retourner dans ta glacière. Il détacha Roy et le porta jusqu'à la chambre, mais il se sentit soudain si perdu qu'il s'allongea sur le parquet lisse de la chambre et se contenta de gémir toute la journée, sans aucune idée de ce qu'il faisait, ni pourquoi. La pièce était froide et sombre, elle semblait s'étendre à l'infini et il n'était qu'un minuscule point au milieu.

Au dîner, après la tombée de la nuit, Jim mangea seul. Je n'ai pas envie de compagnie, dit-il tout haut. Puis il partit marcher dans la forêt.

Jim, Jim, Jim, fit-il à haute voix, tu dois faire quelque chose. Tu ne peux pas laisser ton fils enfermé dans son sac de couchage en attendant qu'il refroidisse dans la chambre. Roy a droit à des funérailles. Il doit être enterré. Sa mère et sa sœur ont besoin de le voir.

Il continua à grimper sans faire l'effort de se

pencher et en s'écorchant aux branches basses, une main enflammée par les piqûres d'orties. Il n'y avait pas de lune, aucune lumière, il n'y voyait absolument rien.

Il parlait et s'imaginait dans une immense salle, à un procès, et ces mots lui étaient adressés. Il était assis à un bureau imposant et écoutait sans pouvoir parler.

Comment a-t-il été ligoté ? demandait quelqu'un. Pourquoi avez-vous ligoté votre fils à la table ? Cela avait-il le moindre sens ? Et à propos du sac de couchage ? Était-ce votre idée également ? Aviez-vous tout planifié depuis le début ? À quoi rimait ce voyage, après tout ? C'était peut-être un suicide, bien sûr, mais ça pourrait aussi être un meurtre.

À cette idée Jim se figea. Il resta immobile dans la forêt, la respiration lourde, les oreilles bourdonnantes, en se disant qu'ils allaient peut-être penser cela. Comment pourrait-il prouver qu'il n'avait pas tiré sur son fils ? Et voilà qu'il s'était enfui, qu'il était entré par effraction dans la maison d'un autre et qu'il y cachait le cadavre. Comment allait-il pouvoir expliquer cela ?

Jim avait peur pour lui, à présent, et il fit demi-tour pour rentrer à la cabane, mais il ne savait de quel côté aller. Il marcha durant ce qui lui sembla une bonne heure, bien plus loin qu'à l'aller, il en était certain. Il n'apercevait toujours pas la maison, ni rien de familier. Il était sorti dans l'obscurité sans prêter attention à l'endroit où il se dirigeait.

Le sol était irrégulier. Jim trébuchait parfois là où le bois mort et la végétation du sous-bois s'étaient amoncelés, il s'écorchait le visage et les flancs. Il tendait les bras et tournait la tête pour marcher en canard dans l'espoir de retrouver son chemin, l'oreille tendue mais n'entendant que les sons qu'il émettait lui-même, et il finit par avoir peur de la forêt, comme si toutes ses mauvaises actions s'étaient rassemblées là et attendaient, tapies, de pouvoir lui sauter dessus. Il savait que cela n'avait aucun sens et il en était d'autant plus effrayé que tout semblait si réel. Il se sentait infiniment petit et sur le point d'être brisé.

Il faisait des pauses de temps à autre, tentait de rester immobile et silencieux pour écouter. Il essayait d'entendre le chemin à suivre ou plutôt, comme cela n'avait aucun sens, d'entendre ce qui le traquait ainsi. À travers la ramure des arbres, il aperçut quelques étoiles pâles, mais bien plus tard, après que le ciel se fut découvert. Il avait froid et il frissonnait, son cœur battait toujours, la peur s'était ancrée plus profond, s'était muée en une sensation de malédiction, il ne retrouverait jamais la route vers la sécurité, ne courrait jamais assez vite pour s'échapper. La forêt était horriblement bruyante, elle masquait même son propre pouls. Des branches se brisaient, chaque brindille, chaque feuille se mouvait dans la brise, des choses couraient en tous sens dans le sous-bois, des craquements bien plus lourds aussi, un peu plus loin, sans qu'il sache vraiment s'il les avait entendus ou imaginés. L'air de la forêt était épais et lourd, il se fondait dans l'obscurité comme s'ils ne faisaient qu'un et se ruait sur lui de tous côtés.

J'ai ressenti cette peur toute ma vie, pensa-t-il. C'est ce que je suis. Mais il s'ordonna de la fermer. Tu penses à ça seulement parce que tu es perdu, dit-il.

Qu'il lui fallût si longtemps pour retrouver la cabane lui paraissait impossible. Il ne s'était jamais perdu en forêt avant, et il y allait tout le temps pour chasser et pêcher. Mais une fois qu'on avait fait ce premier pas de travers, on pouvait ne jamais retrouver son chemin puisqu'on ne savait pas d'où on venait, qu'on n'avait plus aucun repère pour s'orienter. Cela semblait illustrer parfaitement l'ensemble de sa vie, surtout pour ce qui était des femmes. Les choses avaient pris une telle tournure dès le départ qu'il lui avait été impossible de savoir ce qui était bon, et maintenant que Roy était mort, il ne lui restait rien pour continuer. Peu importait s'il mourait dans la forêt cette nuit-là, s'il baissait les bras, s'allongeait et gelait.

Mais il poursuivit son chemin jusqu'à ce que le ciel s'éclaircisse enfin, que l'aube se lève et qu'il trouve le rivage à force de descendre le versant. Ce n'était pas la plage sur laquelle il avait débarqué et il ne savait pas dans quel sens la suivre, mais c'était une plage, et il partit dans la direction qui lui semblait correcte, longeant l'eau dans l'attente d'apercevoir la cabane.

La journée était ensoleillée, froide et claire, c'était le premier jour dégagé qu'ils avaient depuis longtemps. Il était affamé, épuisé et courbaturé, mais il appréciait les rayons du soleil. Au bout de plusieurs heures, il n'avait toujours pas trouvé la cabane, alors il rebroussa chemin, mais même cela lui semblait très bien. Aux environs de midi, le soleil au-dessus de lui, il traversa le bras de terre où il avait bifurqué et continua pendant environ une heure avant d'apercevoir la plage devant la cabane. Il s'arrêta et resta immobile, les yeux rivés sur le bâtiment, puis il entra.

Tout était resté comme il l'avait laissé la veille, Roy était toujours dans la chambre du fond. Jim mangea une soupe à même la boîte, sans la réchauffer, puis il s'étendit sur le sol et, enroulé dans une couverture, il s'endormit.

Quand il se réveilla, il était frigorifié et la nuit était tombée. Il trouva la lampe et alluma un feu dans le poêle. Je vais être plus prudent, désormais, se disait-il tandis qu'il enfournait d'autres bûches. Et je vais nous sortir de ce pétrin. Je vais trouver quelqu'un sur l'île, je vais parler à la mère de Roy et je vais offrir à Roy des funérailles correctes. Je vais y aller aujourd'hui.

Il mangea une autre boîte de soupe, puis une purée instantanée, et se rendormit quelques heures pour s'éveiller au matin. OK, fit-il dès qu'il ouvrit les yeux, j'y vais.

Il regarnit le poêle et prépara le petit déjeuner. Tandis qu'il mangeait, il se rendait compte qu'il allait devoir laisser un mot. Si quelqu'un arrivait et trouvait tout ça — la fenêtre cassée, Roy dans la chambre du fond —, s'il pensait qu'il avait vécu là longtemps, il risquerait de se faire une fausse idée. Et il allait devoir colmater la fenêtre de la cuisine aussi, pour éviter qu'un animal vienne manger ses provisions ou emporter Roy.

Jim fouilla dans les tiroirs jusqu'à trouver un stylo et une enveloppe où écrire. Je suis allé chercher de l'aide, écrivit-il. Mon fils s'est suicidé, il est dans la chambre du fond. Je n'avais aucun moyen de contacter le continent. Je ne pouvais pas aller plus loin en bateau. Je suis en train de faire le tour de l'île pour trouver quelqu'un, je reviendrai. Il relut le message plusieurs fois et ne trouva rien de mieux à ajouter, il le signa, emballa un peu de nourriture et fourra la couverture dans un sac-poubelle au cas où il devrait passer la nuit dehors.

Sceller la fenêtre s'avéra problématique. Il n'avait ni marteau ni clous, ni même une planche. Il transporta le moteur explosé jusqu'à l'abri et l'utilisa pour en fracasser la porte, comme il l'avait fait pour la fenêtre de la cabane. Quand il parvint enfin à la fendre, il fit une pause pour retrouver sa respiration, puis il arracha les lambeaux de bois et retourna chercher la lampe pour inspecter l'intérieur de l'abri.

Tous les outils y étaient : hache, pelle, scie, marteau, clous, même une ponceuse, une tronçonneuse, des chaînes, un cliquet, des tournevis, des clés à molette, installés là en attendant de rouiller. Jim fendit une grande section de la porte à la hache qu'il transporta ensuite jusqu'à la fenêtre pour l'y clouer. Avant de mettre son plan à exécution, il alla dire au revoir à Roy et lui expliqua ses intentions. Je vais régler la situation, dit-il, debout dans l'embrasure de la porte. Je suis désolé que les choses aient si mal tourné, mais je vais tout arranger. Il sortit son sac de provisions, la couverture et le message, il fixa le panneau et y cloua son mot, puis il se mit en route.

La matinée était déjà bien avancée. Il aurait dû partir plus tôt. Mais au moins, j'y vais, se dit-il. Il longea le rivage, dépassa l'endroit où il s'était arrêté la veille. Il continua ainsi, marchant vite, gardant un œil à l'affût d'un éventuel bateau, d'un yacht, du moindre indice de sentier emprunté par des humains. La visibilité était suffisamment bonne pour qu'il puisse faire des signes à une embarcation. L'air n'était pas trop froid non plus, et de rares nuages fins s'élevaient haut dans le ciel.

Le littoral avec ses galets, ses troncs morts et son sable sombre lui semblait tout droit sorti de l'Antiquité ou de la préhistoire. Jim l'arpenta durant des heures en n'entendant que le son de ses bottes, parfois un oiseau, le vent, les petites vagues qui s'échouaient sur la plage, et il avait l'impression d'être le seul homme sur Terre, sorti pour observer le monde. Il songeait à cela en continuant son chemin d'un pas félin, sautant d'un rocher à l'autre, aspirant à cette simplicité et à cette innocence. Il aurait voulu ne pas être celui qu'il était, ne jamais trouver personne. S'il trouvait quelqu'un, il faudrait lui raconter son histoire qui, il devait bien l'admettre, semblerait terrible.

Il continuait à marcher, franchissant pointe après pointe, et pensait pouvoir faire ainsi le tour de l'île bien qu'il n'en fût pas totalement sûr, jusqu'à ce qu'il voie le soleil se coucher un peu plus à l'ouest que la veille. Apparemment l'île était longue et il était impossible de savoir si elle était habitée ou non. La cabane pouvait en être l'unique habitation.

Le soleil couchant était encore rouge dans le ciel mais les rochers sous ses pieds devenaient difficiles à distinguer. Au-dessus de la bande rouge, le ciel était vert et tirait vers le bleu. Il continua jusqu'à ce que marcher soit devenu dangereux et qu'il manque tomber dans un escarpement sombre qu'il n'avait pas vu. À cet instant, il s'arrêta. Il pénétra dans la forêt, s'emmitoufla dans sa couverture et entama un sachet de saumon fumé pour le dîner. Le poisson était acidulé et savoureux — une recette contenant sans doute autre chose que du sel et du sucre brun. Il mâchonnait en observant la lumière pâle reflétée sur l'eau et en écoutant la forêt autour de lui, qui semblait plus calme qu'à l'habitude, sans aucun son à l'exception d'un vent léger et d'un affaissement de terrain occasionnel, sans aucun mouvement vivant qu'il puisse détecter.

Roy n'avait pas eu envie de venir. Jim le comprenait à présent. Roy était venu pour le sauver ; il était venu parce qu'il craignait que son père se suicide. Mais Roy n'avait éprouvé aucun intérêt pour cet endroit, aucun intérêt pour ce retour à la terre. Dans l'imagination de Jim, n'importe quel garçon aurait eu envie de s'installer en Alaska avec son père, de s'organiser pour survivre en pleine nature comme un pionnier — bien que cela n'eût pas vraiment été le cas, puisqu'il avait acheté le terrain et que la cabane y était déjà construite —, mais il n'avait pas un instant pensé à Roy ou à ce que Roy aurait pu vouloir. Ç'avait été le cas tout du long, même quand ils avaient amerri. Jim avait tenu son fils pour acquis à chaque minute, et maintenant son fils n'était plus. C'était ce qu'il y avait de plus curieux.

Si Roy avait été encore vivant, et si Jim avait pu l'emmener n'importe où, il lui aurait fait faire le tour du monde en bateau. Roy en avait vraiment eu envie. Il l'avait dit lui-même. Jim aurait pu arranger cela aussi facilement que ce séjour au cœur de la nature sauvage. Il avait assez d'argent pour acheter un bateau, il savait naviguer, il avait le temps. Mais pour que cela se fasse, il aurait dû écouter Roy d'une oreille attentive. Il aurait dû prêter attention à sa présence de temps à autre, tant qu'il était encore vivant. Mais c'était impossible. Jim était trop obsédé par Rhoda et les femmes.

Jim essaya de dormir, il s'allongea sur la

167

mousse dans sa couverture et maintint ses provisions près de son ventre. Peu lui importait si un ours venait ; il n'abandonnerait pas sa nourriture.

Mais il ne trouvait pas le sommeil. Il cherchait les étoiles, continuait à scruter le ciel bien qu'il n'y en eût aucune, gardait les yeux ouverts bien qu'il fît sombre et qu'il n'y eût rien à voir. Il essayait de s'imaginer naviguant dans le Pacifique Sud. Il avait vu des photos de Bora Bora. Jungle d'un vert sombre, mer bleu clair, sable blanc. Le climat aurait toujours été chaud, agréable, ils auraient pu nager avec un masque et un tuba. Ils auraient même pu s'essayer à la plongée sous-marine. Pourquoi passer ne serait-ce qu'une partie de sa vie dans une région si froide ? Ça n'avait aucun sens.

Jim ne se sentait pas fatigué, il ne pouvait pas imaginer s'endormir, alors il se leva, rangea sa couverture dans le sac avec les provisions, et repartit vers le rivage.

La nuit était noire, sans étoiles ni lune. Il n'y voyait rien, bien que ses yeux aient eu plusieurs heures pour s'accoutumer à l'obscurité. Il posait un pied devant l'autre, jaugeait le sol avant d'y faire basculer tout son poids. Il avançait lentement, pas à pas, le long de la rive jusqu'à s'approcher de l'eau, où il glissa sur des algues et chuta lourdement sur un rocher humide. Il se redressa à la hâte et tomba de nouveau, grognant sous le coup de la douleur dans son coude et dans sa hanche, retrouva son sac, progressa à quatre pattes sur les rochers secs jusqu'à pouvoir se mettre debout sans danger. Il continua son chemin vers la forêt, sa jambe blessée tremblante, il s'étendit sous la couverture, se reposa et se réveilla au matin pour découvrir qu'il s'était endormi.

Il marcha longuement durant cette deuxième journée, bien que ses chutes l'aient laissé engourdi. Son coude le faisait souffrir comme s'il en avait abîmé l'os, sa jambe lui semblait douloureusement attachée au reste de son corps, mais cela n'avait pas d'importance. Il gardait l'œil sur d'éventuels bateaux ou yachts en se rassurant tandis qu'il avançait, se répétant qu'il finirait bien par trouver quelqu'un. Mais il se demandait s'il n'avait pas accosté sur l'immense île du Prince-de-Galles. Cette île n'était pas loin de Sukkwan, elle ressemblait à tout ce qu'il avait déjà pu voir, mais à cause de sa taille on s'y sentait presque aussi isolé que sur leur île. De vastes parties de son littoral étaient inhabitées. Et il pourrait également avoir davantage de problèmes avec les ours sur une grande île. Il n'aurait aucun moyen de savoir si celle-ci était petite tant qu'il n'en aurait pas fait le tour, alors il poursuivit sa progression sur le rivage, le soleil couchant toujours à sa gauche.

À la mi-journée, il se reposa et mangea. Il s'installa à l'ombre, bien que le soleil brillât faiblement à travers les nuages. Aucun bateau à l'horizon. Il n'en avait pas vu un seul. L'isolement de cette région lui semblait incroyable. Quand il était venu s'installer au milieu de nulle part il avait cru que ce serait une bonne chose ; lorsqu'il avait étudié la carte pour la première fois, il avait trouvé que Sukkwan était trop proche de l'île du Prince-de-Galles et des quelques villes le long de la côte sud-ouest, mais il regrettait à présent de ne pas se souvenir de ces villes ni des petites enclaves qui parsemaient les îlots voisins. Des hameaux, en réalité, deux ou trois maisons sans aucune route praticable. Le genre d'endroit qu'il avait toujours idéalisé. Il avait connu des familles qui vivaient là, il était entré dans leurs cabanes d'une seule pièce construites à la main, avec leurs buffets artisanaux et les couvertures qu'on pendait au plafond pour créer une séparation avec la chambre. Des peaux d'ours au sol et aux murs. Qu'y avait-il de magique dans ces endroits ? Qu'y avait-il dans cette idée de Frontière qui le poussait à penser que rien d'autre n'avait d'intérêt ? Ça n'avait aucun sens il aimait son confort et ne supportait pas la solitude. À chaque instant de la journée, désormais, il avait envie de voir quelqu'un. Il avait envie d'une femme, de n'importe quelle femme. Peu lui importait le paysage s'il devait l'admirer seul.

Il rassembla ses affaires et reprit son chemin. Au bout d'une heure, le littoral s'enfonça vers la droite et il eut la confirmation que l'île n'était pas très grande. Quand le soleil se coucha, il apercevait les nuées roses au-dessus des nuages à l'est, mais la vue vers l'ouest était bloquée par la forêt.

Toujours personne, dit-il. Je risque de passer l'hiver ici.

La température baissait chaque nuit un peu plus. Il avait eu de la chance avec cette vague de chaleur au cours de la semaine passée, mais la neige et la pluie reviendraient, il le savait. Il n'avait emporté qu'un ensemble de vêtements chauds et une seule couverture. Ça lui avait suffi jusqu'à présent, mais il allait devoir trouver quelqu'un bientôt ou bien retourner à la cabane où il avait laissé Roy avant que le temps ne se dégrade.

Cette nuit-là, il se réveilla à plusieurs reprises, agité de frissons, sans jamais avoir suffisamment chaud. Il rêva qu'il marchait en cercles interminables, poursuivi par quelqu'un. Au matin, les arbres étaient couverts d'une fine couche de neige qui fondit sous la bruine aux alentours de midi. Il avait un blouson imperméable mais se sentait trempé et frigorifié. Il déjeuna assis sur un tronc au bord de l'eau et réfléchit. S'il n'y avait personne sur l'île, il serait obligé d'y rester et d'attendre. Il n'y aurait pratiquement aucune circulation maritime jusqu'à la fin du printemps, jusqu'à mai, peut-être même juin, et les propriétaires de la cabane qu'il occupait ne reviendraient sûrement pas avant juillet ou août. Il avait détruit le moteur et les radios. Il pourrait rester ici longtemps. Il se demanda s'il avait des provisions en quantité suffisante. Il ne le pensait pas, mais il n'avait emporté ni son fusil ni son matériel de pêche. Il ne pouvait pas non plus revenir en arrière pour récupérer toute la nourriture que Roy et lui avaient stockée.

C'était fou, la quantité de provisions qu'ils avaient amassée. De quoi nourrir une petite colonie pendant tout un hiver. Mais le séjour avait tourné ainsi. Au lieu de se détendre et d'apprendre à connaître son fils, il s'était uniquement préoccupé de leur survie. Et quand l'heure était venue d'arrêter de stocker de la nourriture, c'est à ce moment qu'il avait été submergé de terreur ; il n'avait pas su comment passer le temps, comment passer l'hiver. Alors il s'était mis à appeler Rhoda. Il serait parti au bout d'un mois, il en était persuadé. Il n'aurait jamais pu rester. Mais Roy avait cru qu'ils tiendraient le coup.

Jim pleurait de nouveau. Roy avait eu envie de partir et il ne l'avait pas laissé faire. Il l'avait piégé. Mais Jim s'obligea à se calmer et à se lever. Il marcha jusqu'au crépuscule et se rendit alors compte qu'il n'avait pas observé le large depuis plusieurs heures, qu'il s'était contenté d'avancer sans s'arrêter, sans chercher de bateau ou de yacht. Il ne pensait pas qu'il aurait aperçu quoi que ce soit.

Il fit si froid au cours de la nuit qu'il ne put dormir et essaya de se construire un petit abri. L'obscurité était totale, aucune lumière, il tâtonnait dans le noir à la recherche de branches et de fougères à empiler afin de pouvoir dormir dessous. Il assembla le tout à la longueur de son corps, s'y glissa prudemment en s'efforçant de ne pas ébranler la structure. Il y faisait bien plus chaud mais, pensant à tous les insectes qui devaient déjà se frayer un chemin sous ses vêtements, il ne parvint pas à trouver le sommeil.

Les jours se déroulaient donc ainsi, indistincts les uns des autres. L'île était d'une longueur monstrueuse. S'il avait été certain de pouvoir retrouver la cabane, il aurait coupé à travers les terres car il avait maintenant compris qu'elle était inhabitée, mais il n'en connaissait pas la largeur et n'était pas sûr de reconnaître le littoral de l'autre côté, même s'il l'avait déjà vu auparavant. Il continuait donc à marcher tout au long des journées de plus en plus courtes puis à attendre durant la nuit, veillant plus souvent qu'il ne dormait.

Il pensait à Roy durant ces nuits, se souvenait de lui enfant, à cheval sur son petit tracteur en plastique vert à Ketchikan, coiffé d'une toque de chef à trois ans, debout sur un tabouret pour atteindre le mixer. Il se souvenait de Roy cueillant des myrtilles dans son manteau rouge à capuche, dégommant des stalactites de glace, retrouvant les bois de cerf que Jim avait jetés par-dessus la clôture. Jim les avait jetés car ils étaient trop petits, mais Roy les avait découverts et les avait conservés comme un trésor, comme une œuvre d'un peuple inconnu. Ils devaient lui paraître mystérieux, merveilleux. Jim n'avait pas su que ces moments étaient les derniers passés avec Roy, il n'avait pas compris les transformations de son fils et, tandis que les souvenirs le submergeaient, Jim se rendait compte qu'il avait été absent de sa vie pendant des années, même à Ketchikan où ils vivaient encore tous ensemble, tout cela parce que Jim ne pensait alors qu'aux femmes, parce qu'il avait commencé à inventer des combines, à tromper la mère de Roy. Il avait foncé tête baissée dans une vie secrète auprès d'autres femmes, sans plus rencontrer personne ni rien faire d'autre que ça. Après le divorce, il ne s'était toujours pas réveillé, il avait continué à courir après les femmes. Si bien qu'il ne parvenait pas à dire qui était véritablement Roy. Il lui manquait trop d'années pour arriver jusqu'à son fils.

Jim songeait à tout cela avec plus de sérénité, désormais, comme s'il ne pouvait plus se permettre les sanglots alors qu'il s'efforçait de rester au chaud et de survivre à chaque nuit. Ce n'était pas le moment de faire n'importe quoi. Il devait s'économiser s'il voulait tenir jusqu'au printemps.

Pendant la journée, il essayait de parcourir autant de chemin que possible, mais il marchait de plus en plus lentement. Il avait épuisé ses provisions une semaine plus tôt et vivait à présent d'algues, de champignons et de petits crabes qu'il attrapait à marée basse. Il buvait aux rivières qu'il traversait à l'occasion mais restait parfois assoiffé des jours entiers.

Les crabes étaient délicieux, en fait, et il les attendait avec impatience. Ils mesuraient à peine huit ou dix centimètres de large mais il les vidait comme s'ils étaient plus gros, les attrapant par les pattes arrière, juste sous la carapace, puis il écrasait leur tête contre une pierre jusqu'à ce que leur coquille s'envole. Alors il les brisait en deux et les secouait pour en extraire les boyaux. Il les rinçait dans la mer et aspirait leur chair tendre et claire. Il faisait cela à longueur de journée, mangeant quatre ou cinq crabes à chaque fois. La seule épreuve douloureuse, vraiment, il l'endurait lorsqu'il ne trouvait pas d'eau claire pendant plusieurs jours et que ses lèvres gonflaient, que sa gorge s'asséchait. Mais il suçait des aiguilles de sapin le matin, ce qui étanchait un peu sa soif car il pleuvait souvent. Pas de neige, heureusement. Il avait beaucoup de chance avec le temps.

Il rêvait tout éveillé du Pacifique Sud, où il boirait de l'eau dans d'étranges feuilles immenses, mangerait les fruits qui poussaient de toutes parts. Mangues, goyaves, noix de coco, et des fruits sauvages qu'il n'avait jamais vus. Ces fruits inconnus, il les imaginait sucrés et violacés. Le soleil brillerait en permanence, il se baignerait dans des cascades.

Puis un soir, il aperçut la fin d'un coucher de soleil à l'ouest et il sut qu'il avait atteint l'extrémité sud de l'île. Il continua jusqu'à la pointe, s'assit sous les arbres pour observer la ligne fine des rayons dévorés par les nuages gris pâle. Il ramassa suffisamment de petit bois pour bâtir un tertre, s'enfonça dedans et dormit.

Il lui fallut encore cinq jours pour rentrer à

la cabane. Il y arriva tôt dans la matinée, il avait dormi à moins de deux kilomètres la nuit précédente. Merde, fit-il, elle était juste ici. Il se tint sur la plage et regarda un moment la cabane à travers les arbres.

En approchant pour grimper sous le porche, il put voir que personne n'était venu. Tout était resté comme avant son départ. L'encre du message avait bavé, la pluie l'avait un peu effacée, mais c'était l'unique changement sur les lieux. Il alla chercher le marteau. Le bateau dégonflé était toujours à l'arrière de la cabane, la porte cassée et l'abri aussi, aucun changement.

Jim retira les clous des planches qu'il avait fixées sur la fenêtre de la cuisine et il sentit Roy avant même d'avoir enlevé la première. Quand il entra, la puanteur avait pris corps à l'intérieur, elle semblait avoir un poids, une masse. Il vomit sur-le-champ dans la cuisine, vomit les quelques crabes précieux, les champignons, l'eau de la rosée qu'il avait léchée la veille. Le gâchis lui paraissait immense, même s'il savait qu'il aurait désormais une meilleure nourriture et de l'eau en quantité suffisante.

Il se lava le visage dans l'évier et se rinça la bouche. L'odeur était irrespirable. Il voyait correctement dans la cuisine, mais les chambres du fond étaient obscures, il alluma la lampe tempête et avança à travers l'odeur, comme à contrevent.

Roy n'était plus aussi raide qu'avant. Le sac de couchage était posé sur le sol, il était humide et un duvet blanc s'étendait à présent jusque sur l'extérieur. Jim essaya d'empoigner l'extrémité du sac, mais il n'y parvint pas et ressortit de la pièce. Je suis désolé, Roy, dit-il en pleurant pour la première fois depuis longtemps. Il savait qu'il devait à présent l'enterrer. Il avait essayé de trouver quelqu'un, il avait essayé de trouver un moyen de montrer Roy à sa mère et à sa sœur, de lui offrir des funérailles correctes, mais il allait devoir se contenter de l'enterrer sur cette île. Il n'avait pas le choix. Il ne pouvait pas vivre avec cette odeur, il ne pouvait pas laisser pourrir son fils ainsi.

Il dut d'abord ressortir pour prendre une grande bouffée d'air. Il attendit que ses pleurs cessent avant de rentrer à la hâte, d'attraper le sac humide et de le traîner par la fenêtre. Quand il le souleva pour passer le chambranle, le contenu avait la consistance d'une bouillie et un peu de Roy goutta à travers les déchirures du tissu. Jim haletait bruyamment, dégoûté. Il n'arrivait pas à croire qu'il fût obligé de faire une chose pareille.

Il prit une pelle et tira Roy dans les profondeurs du sous-bois. Il ne voulait pas rester près de la cabane, ne voulait pas que la tombe de Roy fût trop proche au risque que les propriétaires veuillent plus tard la déplacer. Il s'enfonça dans la forêt, suffisamment loin pour que Roy ne soit pas découvert, puis il s'arrêta et se mit à creuser. La terre était dure sur environ trente centimètres, puis meuble sur encore la même profondeur avant que Jim n'atteigne des pierres, des racines et du sable — creuser devenait difficile. Il s'acharna toute la journée sur la tombe, à frapper et à sectionner les racines, à contourner les pierres, à se frayer un chemin à travers la terre à violents coups de pelle.

Il devait se reposer souvent, et à chaque fois il s'éloignait du trou et de la puanteur de son fils en décomposition. Il s'asseyait sous les arbres à une centaine de pas de là et se demandait comment il pourrait raconter tout cela. Il n'était pas sûr que son histoire soit compréhensible. Chaque événement rendait le suivant inévitable, mais l'ensemble ne faisait pas bonne impression. Sans l'admettre totalement, une part de lui-même aurait voulu qu'on ne le retrouve pas. Si personne ne revenait jamais à cette cabane, ou si personne ne remarquait leur disparition, alors il n'aurait pas besoin d'expliquer quoi que ce soit. Il serait capable de vivre avec ce qui venait de se passer s'il n'était pas obligé de faire face à quelqu'un d'autre. Son fils s'était tué, c'était la faute de Jim, et maintenant il enterrait son fils. Cela, il arrivait à y croire. Mais il ne voulait pas que les autres le sachent.

Il creusa jusqu'en fin d'après-midi, presque jusqu'à la tombée du jour, puis il décida que c'était assez profond car il ne pouvait pas continuer dans l'obscurité. Il traîna Roy et le sac de couchage au bord de la tombe — il ne voulait pas le vider hors du sac — en se demandant s'il pouvait célébrer des obsèques en quelques minutes avant de remettre la terre et de rentrer à la cabane.

Je ne voulais pas précipiter cet instant, dit-il à son fils. Je sais que c'est ton enterrement. Ça devrait être un événement particulier, ta mère devrait être là, mais je ne peux rien y faire. J'ai juste… et il s'arrêta sans savoir qu'ajouter. Tout ce qui lui venait à l'esprit, c'était : Je t'aime, tu es mon fils, mais il était si ému qu'il restait sans voix. Alors il pleura, jeta la terre par pelletées entières, tassa le tertre et rentra à la cabane dans l'obscurité quasi totale sans trop se soucier de savoir s'il pouvait s'égarer.

L'odeur de Roy imprégnait encore la cabane cette nuit-là, et le lendemain aussi, elle persista pendant plus d'une semaine. Après cette période, Jim croyait encore la percevoir, mais elle était devenue suffisamment légère pour être indissociable de son imagination. Par temps froid, elle semblait avoir disparu, il arpentait les pièces en essayant de s'en souvenir. Dehors aussi, pendant ses randonnées dans la forêt, il la sentait à nouveau, s'arrêtait et pensait à son fils. Il se persuadait que ces instants étaient les rares moments pendant lesquels il pensait encore à Roy, comme si ce genre de souvenirs persistait par son intensité, mais c'était un mensonge, bien sûr. Il pensait sans arrêt à lui, d'une manière ou d'une autre. Il n'avait pas grand-chose d'autre à faire. Il s'était installé pour l'hiver et désormais il patientait.

Finalement, Jim se disait qu'il n'avait jamais

vraiment compris son fils. Roy avait été plus dangereux qu'il ne l'avait imaginé. Comme si, toutes ces années, il avait été sur le point de se suicider mais avait attendu le moment propice. Cela ne semblait pas tout à fait juste, mais Jim suivit ce cheminement de pensée un moment. Et si le suicide avait été dans la nature de Roy depuis toujours ? Alors ? Alors, au moins, cela le déchargerait de cette responsabilité. Pourquoi les gens mettaient-ils fin à leurs jours ? Qu'est-ce qui avait poussé Jim à se persuader qu'il en serait capable, lui aussi ? C'était difficile à croire, même. Jim estimait n'avoir jamais vraiment eu un comportement suicidaire, même la fois où il avait sauté de la falaise. Ce jour-là, il avait seulement ressenti de l'auto-apitoiement, rien d'autre.

À cette pensée, Jim fit une pause. Il n'avait pas songé à la falaise depuis longtemps. Il se demandait ce que Roy en avait pensé, se demandait si Roy savait qu'il avait agi volontairement. Il ne l'avait jamais vraiment admis devant lui. S'il l'avait fait, il aurait eu du mal à convaincre Roy de rester. Mais Roy avait dû se douter que les choses ne tournaient pas rond.

Pour échapper à ses idées noires, Jim essayait de se concentrer sur autre chose. Il s'inventait des diversions. Il essayait de s'imaginer ceux qui finiraient par le retrouver, et comment, et ce qu'ils se diraient. Le couple moche monterait le sentier, leurs enfants à la traîne. Ils s'arrêteraient, le regarderaient et le jugeraient dangereux. Ils s'enfuiraient peut-être. Ils pourraient débarquer et repartir avant même qu'il ne les ait aperçus, et il n'en saurait rien avant que les autorités n'arrivent à leur tour. Mais il croyait plutôt qu'ils viendraient jusqu'à lui, l'air indigné. Ils étaient les propriétaires, certes, mais ils étaient le genre de personnes qui devaient passer leur temps à être ignorées du reste du monde, alors ils se montreraient féroces. Ils viendraient et le traîneraient dehors et l'attaqueraient avec leurs becs de perroquets et leurs yeux fendus, ils le piqueraient, le déchiquetteraient jusqu'à lui arracher quelques lambeaux de chair. Et ainsi il se remettait à penser à Roy sur la plage, et aux mouettes, et il se torturait nuit et jour sous couvert de passer le temps et de survivre.

Par beau temps, il scrutait parfois l'océan à l'affût des bateaux. Les rares qu'il apercevait étaient trop éloignés. Il n'avait plus de fusée de détresse. Il s'était dit qu'il pourrait allumer un immense feu de forêt à un bout de l'île, ce qui ne manquerait pas d'attirer les avions de reconnaissance, mais il ne savait pas combien de temps ils mettraient à venir, ou s'il ne risquait pas de périr dans les flammes. Sa mort semblait probable s'il s'avisait de déclencher un feu de forêt. Il finirait sa course dans l'eau, luttant pour respirer. Et il n'aimait pas imaginer les pompiers farfouillant la terre au-dessus de Roy.

Il eut soudain l'idée d'embraser une île voisine, s'il pouvait en trouver une petite dans les parages qui serait inhabitée. Il irait à la rame, allumerait un feu avec les quelques gouttes d'essence qui lui restaient, puis il reviendrait à la rame ou patienterait au large, là où il serait facilement repérable.

Pas mauvais, comme idée, se dit-il. Ça pourrait marcher.

Mais il n'en fit rien. Ramer dans les chenaux ne serait pas facile et il n'était pas encore prêt à voir qui que ce soit. Alors il attendait dans la cabane et établissait des plans d'action, voyait les flammes dévorant tout, s'imaginait secouru, et il essayait de se rappeler le visage de Roy avant qu'il ne se fasse exploser la moitié de la tête. C'était terrible qu'il l'ait laissé avec cette seule et unique image. Jim ne se souvenait plus de son visage, ne se souvenait plus du physique de son fils. C'était comme s'il était venu au monde mutilé.

Au moins, personne n'aurait jamais à le voir ainsi. Suffisamment de temps avait passé, maintenant, pour que personne ne voie plus rien. Il s'en sentait étrangement soulagé. Il n'arrivait pas à s'expliquer en quoi le fait que les gens voient son fils lui aurait procuré une honte intime et profonde, mais ç'aurait pourtant été le cas. Ce qu'il voulait, à présent, c'était trouver une façon de raconter l'histoire pour que tout en paraissant triste, elle eût l'air inéluctable. Quelque chose comme : La situation était difficile, il n'avait pas compris à quel point c'était dur pour Roy car il ne parlait jamais. Si seulement Jim avait su, ils seraient rentrés sur-le-champ, mais il n'avait eu aucun moyen de deviner.

Ces pensées répugnaient Jim. Il n'avait plus aucune patience envers les errements de son esprit.

Mi-janvier, personne n'était venu. C'était remarquable, vraiment. Comme si le monde les avait oubliés, bien qu'ils soient à moins de quinze kilomètres de l'endroit où ils étaient censés se trouver. Jim se disait que leur cabane avait déjà dû être inspectée, le sang sur le sol, les radios explosées, le bateau disparu. Le shérif ou quelqu'un d'autre avait dû arpenter les alentours, mais il n'avait entendu aucun hélicoptère, aucun avion, et il n'avait pas vu de bateau depuis des semaines, encore moins à proximité de l'île.

Les provisions de Jim commençaient à diminuer, il perdait du poids à essayer de les économiser. Il ne mangeait qu'une fois par jour, grignotait parfois. Il estimait qu'à ce rythme la nourriture durerait encore un mois, deux au mieux, puis il devrait se contenter d'algues ou il mourrait de faim.

Il dormait toute la nuit, désormais, parfois même un peu dans la journée. C'était la chose la plus simple à faire, n'exigeant ni nourriture, ni bois, ni feu. Il avait découpé de grosses sections du bateau gonflable pour en recouvrir sa couverture et ses draps, il portait un pull supplémentaire qu'il avait trouvé dans la cabane ainsi que tous les vêtements qu'il avait apportés avec lui. Il ne s'était pas lavé depuis trois mois.

Pour autant qu'il pût en juger, il dégageait une nouvelle odeur de propreté.

Il s'efforçait de ne pas réfléchir. Quand son esprit commençait à vagabonder, il fixait son attention sur quelque chose, une poutre du plafond, ou même l'obscurité, il essayait de s'y perdre, de ne pas laisser ses pensées s'emballer, même si cela n'était pas toujours possible. Elles étaient répétitives, insistantes. Roy lui annonçant qu'il voulait partir. Il revoyait cette scène en boucle, incrustée dans son cerveau. Une autre image répétitive, celle de sa voisine à Ketchikan, Kathleen, qui avait éveillé en lui pour la première fois l'envie de tromper sa femme. Il se représentait l'après-midi gris, quand il était sorti discuter avec elle sous le porche latéral de leur maison et qu'il lui avait proposé d'entrer puisque Elizabeth n'était pas là. Le dégoût sur son visage. Elle savait exactement ce qu'il avait en tête. Elizabeth était à l'hôpital, enceinte de Tracy. Il se rendait compte à présent que ce n'avait pas été le meilleur moment. Il pensait aussi à la nourriture. Aux milk-shakes, surtout. C'était ce dont il avait le plus envie. Des côtelettes grillées au barbecue. Il pensait surtout à Roy, et il lui rendait visite quand le temps était clément et qu'il ne tenait pas en place.

Le tertre s'était affaissé avec la pluie, et la tombe n'était plus qu'une légère dépression recouverte de champignons et de fougères. Au début, il arrachait les champignons car il les trouvait obscènes, mais à mesure qu'ils repoussaient, il finit par les laisser ; des bulbes d'un blanc grisâtre, d'autres en forme de cônes plus petits, pareils à des tipis. Il se demandait combien de temps il faudrait au sac de couchage en nylon pour se décomposer, certainement très longtemps, pensait-il.

Tu es toujours vivant, dit-il à Roy un jour. J'ai bien réfléchi. Tu ne ressens plus rien, ta vie s'est arrêtée quand tu es mort. Mais des choses vont continuer à m'arriver à cause de ça, ce qui fait que, d'une certaine manière, tu es toujours vivant. Et comme personne n'est au courant, comme ta mère n'est pas au courant, tu n'es pas encore tout à fait mort. Tu mourras à nouveau quand elle l'apprendra, puis elle te gardera en vie encore longtemps après. Même quand on sera tous morts, quelqu'un finira bien par déterrer le sac de couchage et par te retrouver. Enfin, je pense qu'on te déterrera bien avant. Ils voudront s'assurer que c'est bien toi. Ils ne risquent pas de me croire sur parole après tout ça.

Il aimait parler à Roy tout haut, alors il en prit l'habitude. À moins que le temps soit exécrable, il sortait chaque après-midi et devisait. Il parlait de leur sauvetage, du temps qu'il faisait, se confessait de temps à autre. J'étais impatient, disait-il à Roy. Je le sais. J'aurais dû me détendre un peu. Je me sentais responsable, c'est tout. Il discutait avec Roy des petites choses qui l'ennuyaient. Le jour où je t'ai surpris, fit-il. Quand tu te branlais dans les toilettes. J'en suis encore embêté. Je ne crois pas avoir bien géré la situation. J'aurais dû te dire quelque chose, mais je ne savais pas quoi.

Dans la première moitié de mars, Jim pataugeait au bord de l'eau pour essayer de pêcher des crabes. Il y en avait toujours, même en hiver, mais ils paraissaient bien plus rapides qu'avant. À chaque fois qu'il tendait la main, ils se réfugiaient dans un trou et disparaissaient. Il lui fallut longtemps pour comprendre que les crabes n'étaient pas devenus plus rapides, mais que lui était devenu plus lent. Il n'avait pas mangé de façon régulière depuis une semaine. Il s'était contenté d'algues et d'eau. Depuis plusieurs mois déjà, il économisait ses rations. Mais à présent il se rendait compte qu'il avait commis une erreur. Il s'était trop affaibli. Il retourna à la cabane et réfléchit à un moyen d'être plus malin que ces crabes.

Le lendemain, il se mit à traquer leurs bébés. Il retournait les pierres et, sans mal, comme il l'avait espéré, dénichait çà et là des colonies de bébés crabes trop petits pour lui échapper. Il les ramassait par poignées et, ne voyant pas comment les nettoyer de sa manière habituelle, les croquait en entier et les avalait, carapace, boyaux et tout le reste.

Je vais chier des colliers de carapaces, leur disait-il. Ça sera sacrément joli. Il mâchait longuement pour que les morceaux ne ressortent pas trop gros.

Près de la tombe, il passait de longs moments

à parler de la mère de Roy, de leur rencontre, de ce qui avait déraillé. C'était ma deuxième copine sérieuse, vraiment, dit-il à Roy. Mon frère pensait que j'avais tort de m'installer avec la deuxième, je crois qu'il avait raison. Le truc, c'est que la première m'avait quitté et que j'avais peur quand j'ai commencé à sortir avec ta mère. Il y avait des choses qui ne collaient jamais. Ses parents, par exemple. Ils ne m'aimaient pas, ils pensaient que j'étais trop plouc parce que eux étaient riches. Surtout ton grand-père, je ne m'entendais pas avec lui. C'était un vrai con. Ta mère ne voulait pas en dire du mal, mais il cognait sa femme et il avait fait des choses horribles toute sa vie. Alors on ne pouvait pas en parler. Et puis, de manière générale, elle voulait que je sois plus bavard et plus amusant. Au bout d'un an de mariage, à peu près, elle m'a dit qu'elle avait juste espéré qu'un jour je finirais par avoir quelque chose d'intéressant à dire. Ce n'était pas agréable à entendre. Je ne crois pas qu'elle réfléchissait toujours à ce qu'elle disait. Bref.

Jim parlait à Roy depuis un moment quand il entendit un bateau s'approcher et ralentir. Il sauta sur ses pieds et trotta aussi vite qu'il put vers la plage, mais alors il s'arrêta net. Il entendait le bateau là-bas — son moteur tournait au ralenti, il devait sans doute observer la cabane —, mais il ne parvenait pas à décider s'il devait ou non courir jusqu'à lui pour lui faire signe de s'arrêter. Cela lui semblait trop d'émotions à encaisser en une journée. Il ne se sentait pas encore prêt. Il se cacha derrière les arbres et attendit, hésitant, puis il entendit le moteur accélérer et le bateau disparut.

Jim retourna à la tombe. Oh mon Dieu, dit-il. Je n'arrive pas à croire que j'aie vraiment fait ça. Un truc ne tourne pas rond. Je ne suis pas encore prêt à parler de toi aux gens.

Il s'étendit cette nuit-là sous toutes ses couvertures et se demanda ce qui allait arriver. Il ne pouvait pas rester ici et mourir de faim, et pourtant c'était ce qu'il avait choisi de faire cet après-midi-là. Il ne pourrait pas cacher Roy indéfiniment. La mère de Roy et sa sœur avaient le droit de savoir. Jim était si troublé qu'il se mit à pleurer pour la première fois depuis des semaines. Je ne sais pas, c'est tout, répétait-il à voix haute en direction du plafond.

Le lendemain, il resta au lit et n'alla pas à la tombe. Il n'alla pas à la pêche aux crabes non plus, ne mangea rien. Il avait envie de se lever, mais il faisait froid dehors et il redoutait ses rêves éveillés qui se prolongeaient toujours davantage. Il ferma les yeux jusqu'à ce qu'il fasse de nouveau nuit sans qu'il soit sorti de son lit.

Il pensait à Lakeport, au lycée, à toutes les heures où il avait travaillé au Safeway. Il avait détesté ce job, il avait su que c'était un véritable gâchis, que cette expérience ne lui servait à rien puisqu'il finirait par faire un autre métier. Il pensait aux moustiques qu'on tuait l'été. Il se rappelait la manière dont on versait de l'huile de paraffine sur les étangs et dont on aspergeait les alentours d'insecticide afin d'empêcher leur propagation. D'énormes containers de produits chimiques. Il se demandait à présent ce qu'ils avaient contenu exactement. Ça n'avait pas dû lui faire du bien.

Ses problèmes de sinus s'étaient déclarés à cette époque. Des infections à répétition, puis des migraines. Ces migraines étaient de retour, maintenant. C'était ce qui l'avait amené au bord du suicide, cette douleur dans sa tête. Impossible d'y échapper, impossible de dormir pour oublier. Il souffrait d'insomnies chroniques depuis presque vingt ans. Il aurait dû se faire opérer, mais l'idée d'une intervention chirurgicale lui répugnait. Il avait travaillé sur bien trop de patients quand il était dentiste. Il savait à quel point une opération était brutale et les risques terribles.

Autre souvenir encore plus lointain, le bateau qu'ils avaient sur le lac, un vieux croiseur de la Marine des années 1920 reconverti en navire de plaisance. Ils en avaient retapé la coque et le sortaient lors des chaudes soirées d'été, ils chantaient au beau milieu du lac. Jim se rendait compte que c'était ce dont il avait envie à présent, et cela faisait plusieurs décennies que ça ne lui avait pas traversé l'esprit : une communauté de gens, un endroit fixe, un sentiment d'appartenance. Qu'était-il advenu de tout cela ?

Le lendemain, il se leva et partit pêcher des crabes. La marée était basse, il avait l'embarras du choix. Il découvrit une sorte de poisson de rocaille caché dans une mare et il parvint à le tuer avec un bâton. Le poisson était couvert d'épines, mais Jim le vida sur les rochers avec son couteau suisse et le mangea cru. Puis il s'assit pour profiter des rares rayons de soleil et fit claquer ses lèvres. C'était sacrément bon, dit-il. Ça, c'est ce qui s'appelle un repas.

Il termina par quelques algues, puis rentra à la cabane pour boire de l'eau avant d'aller rendre visite à Roy. Je ne pense plus à toi aussi souvent, lui dit-il. Je pense à moi, quand j'avais ton âge. J'allais à la chasse aux canards juste devant la maison. Je pêchais des crapets, des poissonschats et des crapets arlequins la nuit sur le ponton, à la lanterne. J'ai repensé à tout ça, aussi. J'ai le sentiment qu'une vie est en réalité constituée de plusieurs vies qui s'additionnent pour former un ensemble incroyablement long. Ma vie à cette époque n'avait rien à voir avec celle d'aujourd'hui. J'étais quelqu'un d'autre. Mais ce qui m'attriste, je crois, et la raison pour laquelle je parle de tout ça, c'est que toi, tu n'auras pas d'autres vies. Tu as dû en avoir deux, trois au maximum. Ta petite enfance à Ketchikan, puis la vie avec ta mère en Californie après le divorce. Ça fait deux. Et le voyage ici avec moi, c'était peut-être le début d'une troisième. Mais bon, tu t'es tué, ce n'est pas moi qui t'ai tué, et voilà le résultat.

Jim passa le reste de l'après-midi à inspecter l'abri, les outils rouillés et les étranges bricolages laissés en suspens. Il s'activait davantage, surtout parce que le temps restait étrangement au beau fixe. Il ne passait pas autant de temps dehors d'habitude. Mais pour être honnête, l'hiver dans cette région du sud-est de l'Alaska n'était pas une si grosse affaire que ça. Il s'était fait peur tout seul avec son histoire de cache et avec le reste. Survivre ici n'était pas si compliqué.

Alors Jim traversa une période durant laquelle il semblait n'avoir plus aucun souvenir, plus aucune pensée. Il restait au lit et fixait le plafond. Quand il sortait, il scrutait les arbres ou les vagues. L'eau était calme et sans moutons. Une ondulation plus que des vagues, parfois, à la surface grise et opaque, à la consistance épaisse. Il s'asseyait près de Roy, mais il en avait fini avec ses discussions. Il était prêt à retrouver sa vie et à retourner auprès des autres.

Et pourtant, il restait. Une tempête s'abattit sur l'île durant presque une semaine, il n'avait rien à manger. Il ne voulait pas sortir. Il lui semblait que la cabane allait s'effondrer sous la pression des éléments. La grêle martelait les fenêtres, puis la pluie, la neige, des vents atroces, l'obscurité permanente. Il détestait cet endroit. Il rêvait d'un bon bain chaud.

Quand la tempête s'apaisa enfin, il était si désespéré et affamé qu'il décida d'allumer le feu de forêt. Tout était trempé mais il partit dans le sous-bois avec son dernier bidon d'essence et une boîte d'allumettes, se reposant plusieurs fois en chemin. Il trouva un coin avec quantité de bois mort et des arbres aux troncs rapprochés, il imbiba d'essence autant de branches mortes que possible, y jeta une allumette et recula quand jaillirent les flammes. Il poussa un hurlement excité tandis que le feu dévorait le bois et léchait déjà les petits arbres. La chaleur était magnifique. Enfin au chaud pour la première fois depuis l'été, Jim restait aussi près du brasier que possible, suffisamment près pour sentir son visage tiédir, peut-être même brûler. La fumée masquait la cime des arbres et le ciel crépusculaire, le bruit du feu oblitérait tous les autres sons. Jim dansait tout autour et lui demandait de tout consumer. Grandis, hurlait-il. Grandis.

Et le feu grandit rapidement. Il avala la parcelle où Roy était enterré, brûla tout sur son passage jusqu'au bord de l'eau, puis il bifurqua pour longer la berge en direction de la cabane. Jim espérait qu'il s'étendrait également dans les autres directions. Mais le vent soufflait dans ce sens, vers la cabane, c'était donc ainsi que progressaient les flammes. La pensée lui vint qu'il aurait dû allumer le feu de l'autre côté pour que la cabane se retrouve à contre-vent, mais il s'en fichait. Qu'elle brûle, se dit-il, que les flammes viennent me chercher. Je ne peux pas passer le reste de ma vie ici.

Le feu grandit encore au cours de l'heure suivante, dans le soleil couchant, et atteignit la cabane quand la pluie se mit à tomber. Jim tempêta contre le ciel et menaça de punir la pluie, pourtant celle-ci continua. Le feu consuma une partie du toit et un mur, mais il finit par être noyé et se mit à fumer pour ne plus dégager enfin qu'une odeur de brûlé. La nuit était déjà bien avancée. Jim entra dans la chambre qui avait été épargnée — l'odeur de fumée y avait remplacé celle de Roy — et il s'endormit.

Il se réveilla au bruit du toit qui s'effondrait dans la cuisine sous le poids de la pluie. Le craquement résonna avec une force monstrueuse, mais Jim savait que le toit ne tomberait pas plus bas et il resta au lit. Il se rendormit et s'éveilla vers midi, le lendemain, mouillé et frissonnant. Si la section du toit au-dessus de lui était encore en bon état, la pluie tombait en biais dans la pièce et le trempait.

Vous avez intérêt à me trouver, dit-il. Vous avez intérêt à me trouver maintenant.

Plus tard dans la journée, il marcha dans la forêt brûlée jusqu'à la tombe de Roy. La pluie avait cessé. Il n'était plus tout à fait sûr de son emplacement exact, mais la dépression de terrain était toujours là, les troncs noircis à peu près à la même place, alors il s'assit en frissonnant dans la cendre sombre et se recueillit un instant.

Je ne sais pas, répondit-il à Roy. Il se peut qu'ils l'aient vu, il se peut qu'ils l'aient vu mais qu'ils s'en foutent. Il ne brûle plus. Ce n'est plus vraiment un feu.

Il marcha jusqu'à la section restée intacte de la forêt. Il arrachait des morceaux d'écorce des troncs et les enfournait dans sa bouche quand il entendit un hélicoptère passer au-dessus de sa tête, puis revenir et s'immobiliser juste au-dessus de l'eau devant la cabane. Il partit à sa rencontre aussi vite qu'il pouvait, mais il avançait très lentement et il dut se reposer plusieurs fois. L'hélicoptère était encore là, pourtant, quand Jim apparut à la lisière du bois et agita les bras.

Hé, hurla-t-il. T'es magnifique. Il continua à faire signe. Allez, cria-t-il.

Ils ne devaient pas pouvoir se poser, pensa-t-il, car ils restaient en vol stationnaire. C'était l'hélicoptère du shérif, mais il n'était pas équipé de flotteurs. Il voyait des visages dans la carlingue, deux hommes avec des écouteurs, des casques et des lunettes. Il leur fit signe et se frotta les bras pour leur expliquer qu'il mourait de froid, et ils lui firent un geste en réponse. Leur appareil était une merveille moderne aux yeux de Jim. Ils continuèrent à le survoler ainsi pendant cinq minutes avant qu'un haut-parleur se fasse entendre.

On a contacté un hydravion par radio, dirent-ils. Il viendra vous récupérer d'ici une heure ou deux. Si vous êtes James Edwin Fenn, veuillez lever le bras droit.

Jim leva le bras droit. Alors ils reprirent de l'altitude et s'éloignèrent. Jim était excité. Il était prêt à reprendre le cours normal de sa vie.

Une heure ou deux plus tard, après qu'il fut retourné à la cabane et qu'il eut déniché le poêle pour allumer un feu et se réchauffer, effrayé à l'idée de tomber en hypothermie, un hydravion survola le chenal, s'inclina et amerrit lourdement sur la petite étendue d'eau devant la plage. Jim lui fit signe et patienta au bord de la grève. Ils avancèrent jusqu'à ce que leurs flotteurs touchent les galets, puis ils coupèrent le moteur et deux hommes en uniforme descendirent tandis que le pilote restait à bord.

Comment va ? cria le premier.

Jim agita la main. Je suis content de vous voir, dit-il. J'étais sur Sukkwan avec mon fils.

On sait, répondit l'homme. On vous cherchait, vous et votre fils. Shérif Coos.

Ils échangèrent une poignée de main.

On se faisait du souci pour vous. Vous avez été portés disparus tous les deux, ça fait deux mois qu'on vous cherche.

Eh bien, j'étais ici tout ce temps. Écoutez, mon fils est mort. Il s'est suicidé. Alors je suis parti chercher de l'aide, mais je n'en ai pas trouvé. Je me suis retrouvé ici et j'ai dû survivre tout l'hiver. J'ai plus ou moins saccagé la maison de ces gens, mais je les rembourserai. J'ai fait ce qu'il fallait pour survivre. J'ai enterré mon fils dans les bois.

Houlà, fit Coos. Pas si vite. Votre fils s'est tué ?

Ouais.

D'accord, dit Coos. On va laisser Leroy ici pour prendre votre déposition. Il doit consigner tout ça par écrit.

Alors Jim patienta et donna une version plus complète et plus détaillée de l'histoire, sans pour autant en livrer l'intégralité. Ils lui dirent qu'ils prendraient une déposition plus longue à leur retour en ville. En attendant, ils notèrent les éléments principaux et demandèrent à voir l'endroit où Roy avait été enterré.

Les hommes lui collaient aux talons. Jim essayait d'accélérer le pas, en vain. Il était troublé et ne parvenait pas à retrouver Roy. Attendez une seconde, dit-il. C'est quelque part dans les parages. C'est difficile à retrouver à cause du feu. Je suis venu ici lui parler un peu plus tôt dans la journée, mais je n'arrive plus à le retrouver maintenant.

Les deux hommes se contentaient de rester près de lui sans dire un mot. Jim savait que sa situation n'était guère reluisante et qu'il donnait l'impression de ne pas vouloir retrouver Roy, alors il se mit à paniquer, ce qui lui rendit la tâche encore plus ardue. Chaque parcelle de forêt consumée finissait par se ressembler. Je n'y arrive pas, fit-il. Je suis désolé, je n'arrive pas à le retrouver aujourd'hui.

Il se tourna pour faire face à Coos. Jim savait qu'il pouvait se montrer raisonnable. Je n'ai vu personne depuis si longtemps, dit-il.

Je suis désolé pour tous vos ennuis, lui dit Coos. On va vous ramener chez vous. Mais vous devez d'abord retrouver votre fils.

Jim continua de chercher jusqu'à ce qu'il arrive à un endroit où il baissa les yeux sur une petite dépression de terrain et reconnut les empreintes de pas qu'il avait laissées plus tôt dans la journée. C'était la tombe. Il se mit à pleurer malgré lui et leur dit : La voilà.

Il s'éloigna et s'assit pendant que les hommes inspectaient la dépression et que Leroy prenait des photos avant de retourner chercher une pelle dans l'avion.

Je suis désolé, dit le shérif. Mais on ne peut pas laisser le corps ici. Vous comprenez.

Bien sûr, fit Jim. Il s'allongea sur le flanc pour les observer. L'odeur de fumée était si forte près du sol qu'il avait du mal à respirer, mais il se sentait plus en sécurité dans cette position et n'avait pas la moindre intention de se lever. Il les regarderait faire et bientôt Roy serait enterré décemment. Et s'ils essayaient de l'inculper, il engagerait un bon avocat et s'en sortirait. Il n'avait rien fait de mal. Son fils s'était suicidé et si, après cela, Jim avait enfreint beaucoup de lois, il y avait été obligé pour survivre. Jim ressentait un immense auto-apitoiement, il éprouvait envers le shérif et Leroy une haine qu'il savait irraisonnée. Ils faisaient juste leur boulot et ils ne l'avaient encore accusé de rien.

Ils creusaient avec prudence et prenaient des photos. Quand ils atteignirent le sac de couchage, ils prirent beaucoup de clichés, depuis le premier aperçu jusqu'au sac entièrement découvert, puis Leroy l'ouvrit et vomit.

Coos prit le relais et ouvrit le sac, ils firent des photos de son contenu sans pour autant le vider. Ils le refermèrent et Leroy retourna à l'avion pour chercher un grand sac plastique.

Ils y déposèrent Roy avec son duvet, puis ils le scellèrent avec du gros scotch.

Vous êtes en état d'arrestation, fit Coos. Et il lui lut ses droits.

Quoi ? demanda Jim, mais ils ne répondirent pas. Ils le remirent sur pied, Leroy le soutint par le bras et ils traversèrent la cendre, les rochers et la plage jusqu'au rivage. Ils chargèrent Roy à l'arrière, installèrent Jim dans un des sièges à côté de lui. Le pilote démarra et fit vrombir le moteur, puis l'avion décolla et quitta la surface. Jim fut pris de vertiges durant le vol et il s'endormit jusqu'à ce qu'ils amerrissent à nouveau.

Quand ils débarquèrent, Jim fut surpris de se retrouver à Ketchikan. Il y avait vécu avec Elizabeth et Roy, Tracy y était née juste avant que leur relation ne se désagrège.

Il faut qu'on appelle la mère du garçon, dit Coos. On vous emmène à l'hôpital pour qu'ils vous auscultent.

Merci, répondit Jim.

Pas de problème. Mais laissez-moi vous dire que si vous avez tué votre fils, et je crois que c'est le cas, je ferai en sorte que vous alliez en prison. Et si vous en sortez un jour, je vous tuerai de mes propres mains.

Seigneur, dit Jim.

Un médecin l'examina rapidement et conclut qu'il avait juste besoin d'une bonne quantité de nourriture, d'eau et de repos. Il regarda le nez de Jim et lui dit qu'il en avait perdu l'extrémité à cause d'une engelure, qu'il ne pouvait pas y remédier. Jim fut emmené au bureau du shérif pour faire une déposition plus longue. Et tout le reste de la journée ils lui firent répéter sa déclaration, encore et encore. Ils lui demandaient sans cesse pourquoi son fils aurait voulu se tuer.

J'avais envie de me suicider et je n'étais pas loin de passer à l'action. Je parlais avec Rhoda à la radio, j'avais l'intention d'en finir. Roy avait été obligé d'écouter une bonne partie de la conversation. Et il n'y avait pas que la radio, je lui en parlais, il m'entendait pleurer et tout.

Jim secouait la tête. Il avait du mal à poursuivre, du mal à respirer. Ses poumons s'engluaient. Alors j'étais là, le pistolet contre ma tempe, j'étais prêt. Je suis resté dans cette position un bon moment sans arriver à appuyer sur la détente. Je me disais : Et si j'ai tort ? Alors Roy est entré et il m'a vu, et devant le regard qu'il m'a lancé, je ne savais plus quoi faire. J'ai coupé la radio, je lui ai tendu le pistolet et je suis sorti. J'ai agi sans réfléchir. Je ne pouvais pas imaginer ce qu'il allait faire.

Racontez-nous ce qui s'est passé, Jim.

Eh bien, je marchais quand j'ai entendu le coup de feu, mais même à cet instant je n'ai pas compris, alors j'ai continué à marcher comme un con pendant un moment, puis j'ai fini par rentrer et je l'ai trouvé.

Qu'avez-vous vu, quand vous l'avez trouvé ?

Seigneur. Vous voulez encore des détails ? Il était étendu là. Il s'était fait sauter la tête. Vous savez très bien à quoi ça ressemble.

Non, je ne sais pas.

Ah non ? Eh bien, il ne lui restait plus qu'une moitié de visage, il y avait des bouts de lui partout et je ne pouvais rien faire pour le remettre en un seul morceau.

Qu'avez-vous fait ensuite avec le corps ?

Je l'ai enterré. Mais je me suis rendu compte qu'il avait droit à des funérailles auxquelles sa mère et sa sœur pourraient assister, alors je l'ai ressorti et je suis parti pour trouver un bateau, une cabane, quelqu'un avec une radio.

Qu'est-il arrivé à vos radios ?

Je les ai cassées.

Quand ?

Juste après son suicide. Je ne sais pas pourquoi j'ai fait ça.

Vous avez cassé les radios juste après la mort de votre fils. Était-ce pour que personne ne puisse vous contacter ? Vous aviez quelque chose à cacher ?

Arrêtez, dit Jim. Arrêtez de faire les imbéciles. Je les ai juste cassées et je suis parti chercher de l'aide et je n'ai trouvé personne, alors j'ai été obligé d'entrer par effraction dans cette cabane pour survivre en attendant d'être secouru. Il vous en a fallu, du temps, pour me retrouver. Et seulement après que j'ai brûlé la moitié de l'île. Sans ça, je serais encore en train de moisir là-bas.

Qui moisissait vraiment là-bas ?

La ferme, enfoiré.

Monsieur Fenn, permettez-moi de vous rappeler que nous avons beaucoup de chefs d'accusation contre vous, et pas seulement le meurtre. Vous devez coopérer et répondre à nos questions.

Je suis dentiste. C'est monstrueux ! Je n'ai pas tué mon fils.

Peut-être.

Ce fut la première d'une longue série de séances. Ils lui firent raconter son histoire en boucle avec tous les détails, à l'affût d'éléments qui ne colleraient pas. Pourquoi Roy était-il dans le sac de couchage ? Où était le pistolet maintenant ? Une question à laquelle Jim ne pouvait honnêtement apporter aucune réponse. Où l'avait-il posé ? Il n'en avait plus aucun souvenir. Il le voyait pour la dernière fois sur le sol, mais la police n'avait rien trouvé. Alors il avait dû faire autre chose avec.

Ils revenaient encore et encore sur le fait qu'il avait cassé les radios. Qu'il avait sauté de la petite falaise. Qu'il avait tendu le pistolet à Roy. Toutes ces choses, encore et encore, jusqu'à ce que Jim ne soit plus vraiment sûr qu'elles aient eu lieu comme dans son souvenir. Il avait l'impression qu'elles composaient l'histoire de quelqu'un d'autre.

Ils le gardèrent en prison plusieurs jours sans lui laisser passer un coup de téléphone. Personne, à l'exception du médecin, ne savait qu'il était là, jusqu'à ce qu'ils lui envoient enfin un avocat. Mais cet homme ne parlait pas beaucoup. Il se contentait de faire les cent pas devant la cellule de Jim, puis il dit enfin : Vous voulez choisir votre propre avocat, c'est ça ? C'est ce que vous êtes en train de me demander ?

Tout à fait, répondit Jim.

Très bien, dit l'homme. Je l'appellerai pour vous et il viendra aujourd'hui.

L'homme partit. Bien plus tard dans la journée, un autre homme en costume-cravate arriva.

Je m'appelle Norman, fit-il. Soyez content de m'avoir. On dirait que vous êtes dans le pétrin. Mais j'ai d'abord besoin de savoir si vous avez de quoi me payer.

Il faut que je sorte d'ici, dit Jim. Sous caution ou je ne sais quoi. C'est tout. Peu importe ce que ça me coûtera.

Parfait, dit Norman. Ça me va.

Une autre semaine passa avant la lecture de l'acte d'accusation et la sortie de Jim. Il voulait prendre un avion pour aller voir Elizabeth, Tracy et Rhoda en Californie et essayer de leur expliquer, mais les termes de sa libération sous caution stipulaient qu'il ne pouvait pas quitter Ketchikan, alors il prit un taxi pour le centre-ville et réserva une chambre dans un hôtel, un petit bouge merdique appelé le Royal Executive Suites. Quand Jim avait vécu à Ketchikan, huit ans plus tôt, il s'était lié d'amitié avec le propriétaire, un jeune gars fraîchement débarqué du ferry. L'homme s'était installé en ville et bien qu'il fût mormon — ce qui n'était pas le cas de Jim —, il l'avait emmené à la pêche, l'avait hébergé et aidé à trouver un travail. L'homme s'appelait Kirk et il n'avait pas le temps de s'occuper de Jim en ce moment, mais il lui permit de louer une chambre au double du prix habituel.

Jim resta dans sa chambre avec le chauffage allumé et passa des coups de téléphone. Il appela la mère de Roy, Elizabeth, mais il tomba sur le répondeur. Après le bip, il resta immobile, le combiné à la main sans savoir quoi dire. Il finit par lâcher : Désolé, et il raccrocha. Puis il pensa à appeler Rhoda, mais il ne s'y sentait pas prêt. Il n'était pas d'attaque pour parler à qui que ce soit, alors il abandonna l'idée du téléphone.

Il passa le reste de la journée assis dans un fauteuil près de la fenêtre, à observer l'eau sans aucune pensée cohérente. Il rêvait éveillé : Roy se faisait tirer dessus et il tuait lui-même les hommes qui avaient fait ça, les descendant un à un autour de la cabane à coups de fusil, puis il transportait Roy dans le bateau gonflable et se dirigeait à pleine vitesse vers l'île voisine, où il trouvait un chalutier et hissait Roy à bord. On l'étendait sur le ponton à côté des saumons, Jim lui faisait un massage cardiaque pour le maintenir en vie avant qu'il soit héliporté. Jim s'accrochait à cette dernière image de Roy tournoyant lentement au-dessus de lui dans une civière tandis qu'on le mettait en sécurité. Il ressentait jusque dans sa poitrine l'amour puissant qu'il éprouvait pour son fils et était submergé par le soulagement d'avoir pu le sauver.

Mais il ne pouvait se raccrocher indéfiniment

à ce rêve et très vite il se contenta de rester assis dans son fauteuil, près de la fenêtre. Une nouvelle journée couverte s'annonçait, chauffage allumé. Il baissa les yeux sur ses chaussettes et sur ses pieds qui se détachaient sur la moquette beige, il scruta les murs crème, le plafond enduit de mastic puis, un peu plus bas, la mauvaise aquarelle représentant un chalutier remontant le fruit de sa pêche. Il avait envie de parler à son frère ou à Rhoda, mais il ne s'imaginait pas en train de les appeler. Quand il eut trop faim pour rester assis là, il s'emmitoufla dans ses vêtements et se prépara à affronter les honnêtes citoyens de Ketchikan.

Jim traversa le hall d'entrée sans regarder personne et franchit la rue pour entrer dans un fish and chips. Il s'installa dans un box au coin de la pièce, le regard rivé sur ses poings serrés. La serveuse arriva enfin et ne sembla pas le reconnaître, bien qu'il l'ait vue ici plusieurs années auparavant. Apparemment, ses frasques dans les îles ne l'avaient pas encore rendu célèbre. Il pensait que son histoire aurait davantage attiré l'attention.

Jim tapotait la table en formica rouge et attendait en sirotant son verre d'eau. Il se demandait pourquoi il n'avait finalement aucun ami. Personne n'avait pris l'avion pour venir lui rendre visite et l'aider à attendre que l'affaire se résolve. Il n'avait appelé ni John Lampson, à Williams, ni Tom Kalfsbeck, à Lower Lake, alors ils ne pouvaient pas savoir, mais même s'il les avait appelés il était convaincu qu'ils ne seraient pas venus. Tout ça à cause des femmes, encore une fois. En raison de son obsession pour Rhoda ces dernières années, il avait perdu contact avec ses amis californiens et n'avait lié aucune nouvelle amitié à Fairbanks. Il avait travaillé et dépensé de l'argent, il avait téléphoné et couché avec des prostituées, il avait dîné au restaurant quelques fois en compagnie d'autres dentistes et orthodontistes et de leurs épouses, mais c'était à peu près tout. Il n'était pas étonnant qu'il soit tombé si bas. Il s'était coupé de tout le monde et avait cultivé ce qu'il avait cru être de l'amour mais qui n'était qu'un désir, une sorte de maladie ancrée en lui et qui n'avait aucun rapport avec Rhoda. Et il lui avait fallu en arriver là pour comprendre et pour s'en sortir. Il avait fallu que son fils se suicide pour que Jim vive à nouveau. Mais pourtant cela ne suffirait pas non plus car il n'y avait pas seulement le fait que son fils se soit tué.

Jim réprimait ses sanglots autant qu'il le pouvait, de peur que quelqu'un le remarque et qu'il ait l'air coupable, même si les gens ne pouvaient raisonnablement pas connaître ses crimes. Pas des crimes évidents, comme un meurtre, mais des crimes importants tout de même.

La serveuse posa son assiette devant lui et il mangea, bien que la nourriture lui parût insipide et qu'il ne cessât de penser à Roy.

Tard ce soir-là, il ressortit et arpenta la jetée. Il traversa le centre-ville où s'était jadis tenu son cabinet, se dirigea vers l'ancien quartier chaud que l'on préservait désormais comme une sorte de monument historique et qu'on avait converti en petites boutiques à touristes. Les bâtiments en bois se penchaient en équilibre précaire sur les berges de la rivière étroite. Il se tenait sur le pont pour les observer en essayant d'imaginer comment était la vie ici avant qu'il ne soit né. Mais c'était là une chose qu'il n'avait jamais su faire, se projeter à la place d'une autre personne.

Au matin, on frappa à sa porte. Il ouvrit et vit Elizabeth et sa fille, Tracy.

Waouh, fit-il. Mon Dieu, je ne vous attendais pas.

Oh, Jim, dit Elizabeth, et elle passa ses bras autour de lui pour la première fois depuis des années. C'était incroyablement agréable. Jim se pencha ensuite pour étreindre Tracy. Elle avait pleuré et paraissait épuisée. Jim ne savait pas quoi dire.

Entrez, leur dit-il. Elles le suivirent et s'installèrent sur le canapé.

Tracy commença à pleurer. Elizabeth la serra dans ses bras et embrassa le dessus de son crâne, puis elle regarda Jim et demanda : Qu'est-ce qui s'est passé sur cette île, Jim ?

Je ne sais pas, dit-il. Honnêtement, je n'en sais rien.

Fais un effort. Mais elle se mit alors à pleurer, et Tracy pleurait également et elles s'en allèrent. Elizabeth lui promit qu'elles repasseraient plus tard dans l'après-midi.

Alors Jim attendit, assis sur une chaise en face de la porte de sa chambre, n'arrivant pas à croire qu'elles fussent ici, en ville. Il était parti depuis si longtemps qu'il lui était encore plus difficile de comprendre qu'ils étaient tous réunis ici, à Ketchikan, tous ensemble sauf Roy, bien sûr, puis son esprit se bloqua à nouveau. Il y avait trop de choses à intégrer. Il était terriblement effrayé sans avoir pourtant aucune idée de ce qui le terrifiait ainsi.

Quand Elizabeth et Tracy revinrent, l'heure du dîner était déjà passée mais ils n'avaient toujours pas faim, alors ils s'assirent dans la chambre sans un mot. Jim voulait retrouver sa famille et sa vie d'avant, il continuait à fantasmer et à s'imaginer que Roy pourrait débarquer d'un instant à l'autre.

Est-ce que tu l'as tué ? demanda Elizabeth avant de se perdre dans d'atroces sanglots bruyants qui poussèrent Tracy à se joindre à elle. Jim ne pleurait pas, il calculait, essayait de trouver un moyen de les récupérer, mais il ne voyait pas comment.

Je suis désolé, dit-il. J'avais sans arrêt peur de me suicider. Il prenait soin de moi. Et puis il m'a surpris et c'est lui qui a fini par se tuer.

Que s'est-il passé, Jim ?

Je lui ai tendu le pistolet avant de sortir. Je ne voulais pas qu'il l'utilise.

Tu lui as tendu le pistolet ?

Jim pouvait voir que ce n'était pas la chose à dire. Je l'ai fait sans arrière-pensée, dit-il.

Tu lui as tendu le pistolet ? Elizabeth s'était levée et avait traversé la pièce pour le frapper, fort, et il regardait Tracy qui affichait un air terrible et glacé, et qui se contentait de les regarder, puis elles partirent. Il attendit leur retour toute la nuit et toute la matinée suivante, et comme elles ne se montraient pas il arpenta le centre-ville à leur recherche et finit par trouver leur hôtel, mais elles avaient rendu leur clé. Il les chercha jusqu'au soir avant de réaliser qu'il pouvait appeler la compagnie aérienne, mais il n'obtint qu'un message enregistré. Il dut attendre le lendemain matin et apprit alors qu'elles étaient rentrées en Californie avec le corps de Roy.

Jim appela et appela, il appela Elizabeth jusqu'à ce qu'un jour elle réponde. Il essaya de s'expliquer, mais elle refusait de l'écouter.

Je ne comprends pas, Jim. Je ne comprendrai jamais. Comment mon fils a-t-il pu devenir le garçon qui s'est infligé ça à lui-même ? Qu'est-ce que tu lui as fait pour qu'il devienne ainsi ? Puis elle raccrocha et ne répondit pas pendant plusieurs jours ; elle finit par changer de numéro de téléphone et par se mettre sur liste rouge, quant à lui, il ne pouvait pas quitter Ketchikan, ne pouvait joindre personne qui pût lui communiquer ses nouvelles coordonnées. Tout le monde, y compris son propre frère et ses amis, était contre lui. La seule personne qu'il n'appela pas fut Rhoda. Il ne pouvait pas l'appeler car, d'une certaine manière, elle avait tué Roy, elle aussi.

Jim essayait de trouver un moyen de passer ses journées. Il lui faudrait bien réintégrer sa vie un jour ou l'autre. Il ne pouvait pas passer les cinquante prochaines années assis avec sa douleur. Mais à dire vrai, il avait peur à présent, car il n'était pas sûr de parvenir à prouver qu'il n'avait pas assassiné son fils.

Un peu après deux heures du matin, Jim se rendit compte qu'il n'avait pas été avec une femme depuis presque un an. Il s'emmitoufla et sortit chercher une prostituée.

Les rues étaient humides, le brouillard bas. L'air portait étrangement les bruits venus de la jetée et de la rue. Sirènes des bateaux de pêche, cornes de brume, mouettes, sifflement des pneus sur l'asphalte. Il marcha vers le centre-ville jusqu'à son ancien cabinet.

Ils avaient rénové la façade. Elle était peinte en vert foncé et avait l'air plus moderne. Les noms des dentistes s'étalaient en lettres dorées sur la vitre, ils étaient deux.

J'aurais pu rester ici, dit-il. Si je n'avais pas été infidèle, si je n'avais pas tout réduit en miettes. Si j'avais été capable de supporter ma femme. Si les saumons avaient bondi comme les oiseaux sur la route.

Il ne savait pas trop quoi faire devant le cabinet. Il s'en détourna enfin, traversa la rue et se dirigea vers l'autre côté des conserveries.

L'été, elles étaient bondées d'étudiants, mais en cette période de printemps elles étaient désertes. Il passa devant un vieil homme assis sur un banc devant l'usine, ils s'ignorèrent. Il continua son chemin, dépassa les conserveries, mais ne trouva aucune prostituée. Il retourna vers l'ancien quartier chaud en bord de rivière, juste comme ça, sachant qu'il n'y trouverait rien, et ce fut le cas. Il s'accouda à la rambarde en bois, les yeux rivés sur l'eau d'un vert noirâtre qui coulait lentement vers la mer, puis il abandonna.

Mais au lieu de rentrer à l'hôtel, il prit la direction opposée et s'éloigna de la ville. Derrière les conserveries, le long de l'autoroute, il avança dans le brouillard et la bruine, unique piéton sur la route. C'était un plaisir de marcher, un plaisir d'être seul dehors. Il ne pouvait pas rester plus longtemps dans cet hôtel.

La forêt bordait la route de chaque côté et émergeait du brouillard, menaçante. Il comprenait désormais qu'il avait été mieux sur l'île. Là-bas, il pouvait encore croire en son sauvetage et il pouvait parler avec Roy. À présent, Roy se trouvait à deux mille cinq cents kilomètres de là.

Un pick-up vert foncé sortit du brouillard et fit une embardée pour l'éviter. Le véhicule s'arrêta une centaine de pas plus loin, les deux hommes se retournèrent pour regarder Jim par la lunette arrière. Ils l'observèrent longuement. Jim resta immobile, les yeux rivés sur eux, jusqu'à ce qu'ils finissent par repartir. Mais il craignait qu'ils reviennent avec du renfort. Il avait été idiot de rester ici. Les risques étaient bien trop grands. Puis il prit conscience de sa paranoïa ; personne ne pouvait savoir qui il était.

Jim pressa tout de même le pas pour rentrer, marchant sur l'accotement et se cachant dans les buissons dès qu'il entendait le vrombissement d'un moteur. Le chemin jusqu'à la ville était long. Il ne s'était pas rendu compte de la distance qu'il avait parcourue. Virage après virage, le littoral lui apparut à deux reprises à travers le brouillard, l'eau grise et calme éclairée par une lune voilée.

Il atteignit enfin les conserveries et cessa de se dissimuler au passage des voitures. Il traversa l'ancien quartier chaud et le secteur touristique avant d'arriver au centre-ville pour contourner la pointe jusqu'à son hôtel. Il faisait pratiquement nuit, mais il rassembla le peu d'affaires qu'il possédait : des vêtements de rechange dans un sac plastique, son rasoir et son shampooing, son portefeuille, ses bottes. Il fourra le tout dans son sac, laissa un mot à Kirk qui disait : Merci de m'avoir arnaqué, puis il partit dans l'air nocturne en direction du ferry qui le mènerait à l'aéroport.

Le terminal du ferry était à près de cinq kilomètres derrière Jackson Street, à l'autre bout de la ville. Il était fatigué lorsqu'il arriva à destination, et affamé, mais il n'y avait aucun endroit où manger. Il regarda les horaires, découvrit qu'il n'était pas au bon terminal. C'était celui des grands ferries de la compagnie Alaska Marine Highway qui traversaient la baie jusqu'à Haines, puis vers l'État de Washington.

Il décida qu'il n'avait pas besoin de prendre l'avion. Il voulait juste partir, et un ferry à destination de Haines levait l'ancre à la première heure le lendemain. Il dormirait sur un banc.

À bord, il commanda un hot-dog, une mini-pizza et un yaourt glacé. La vibration continue et le bruit du moteur sous le ponton étaient réconfortants. Il se dit alors que s'il avait passé sa vie à sillonner les mers, il aurait pu être bien plus heureux. Ces ferries étaient lourds et solides, ils avançaient sans jamais tressauter ni tanguer, mais tandis qu'il était assis là à manger, il se sentait différent malgré tout. Il se reprit à rêver du Pacifique Sud. S'il se sortait de cette affaire sans trop de dégâts, il tenterait peut-être l'aventure. Il eut envie de le dire à quelqu'un, envie d'en parler pour entendre un peu à quoi ressemblait son idée.

Jim regarda autour de lui, mais les passagers étaient installés en groupes. Il mâchonna le reste de son repas puis monta sur le ponton supérieur à la recherche de quelqu'un accoudé seul à la rambarde, mais cette embarcation, du moins ce ponton, ressemblait à l'arche de Noé : tout le monde y évoluait en couple.

Bien qu'il ne bût pas, il alla au bar car c'était un endroit qui lui semblait propice à une rencontre en dépit de l'heure matinale. Il y trouva effectivement une femme assise seule à une des tables. Brune et l'air mécontent, ou peut-être juste ennuyé, elle avait quelques années de moins que lui et ne paraissait attendre personne.

Je peux me joindre à vous ? demanda-t-il.

Si vous voulez, répondit-elle d'un ton si las et si mauvais qu'il hésita pendant qu'elle le dévisageait.

D'accord, fit-il en prenant place.

Ne faites pas comme si vous me rendiez service, dit-elle.

Jim se releva et s'éloigna. Il se tenait à la poupe, les yeux rivés sur le sillage. Il avait eu envie de parler de Roy à cette femme. Il voulait juste trouver quelqu'un à qui raconter toute son histoire afin de pouvoir lui-même la comprendre. Parce que dès qu'il arrêtait d'y réfléchir, il lui semblait de plus en plus vraisemblable qu'il avait tué Roy.

Jim ne parvenait pas à analyser tout cela correctement. Il fixait le sillage qui s'étirait, s'étalait et se dissipait dans les flots, et qui pourtant, de l'endroit où il se tenait, demeurait inchangé à ses yeux. Il ne rattraperait jamais le bateau mais ne disparaîtrait jamais non plus. Cela devait avoir une signification, mais Jim se demandait seulement ce qu'il était advenu de son existence sans parvenir à trouver de réponse. Les choses s'étaient enchaînées les unes après les autres, et pourtant il lui semblait bizarre et surprenant qu'elles aient fini par tourner comme elles avaient tourné.

Jim sentait les relents de diesel à l'arrière du ferry. Ils le rendaient nostalgiques de l'*Osprey*, son chalutier. Il avait fini par échouer dans cette affaire, et il avait dû vendre le bateau, mais ça n'avait pas été un échec total. Il avait passé tout ce temps avec son frère Gary à remonter du thon albacore et du flétan ; il avait appris à connaître la flotte de pêche — tous des Norvégiens —, même s'il n'avait jamais vraiment discuté avec eux. Il les avait écoutés à la radio, leur premier message au matin et leur dernier en fin de journée, leurs rapports de pêche, leurs distractions du soir. Ils chantaient tour à tour de vieilles rengaines, jouaient de l'harmonica, parfois même de l'accordéon. Ç'avait été une époque formidable, vraiment, même si son frère et lui étaient considérés comme des parias. Les marins avaient surnommé son embarcation *The Tin Can*, en référence à l'aluminium brut de sa coque semblable à une boîte de conserve. Eux possédaient de vieux bateaux, en bois pour la plupart. Certains étaient en fibre de verre. Ils les entendaient parler de lui parfois, mais ce n'était jamais pour l'inviter à les rejoindre sur les ondes. Cette existence lui manquait. Il aurait aimé qu'elle soit couronnée de succès. Roy aurait pu travailler sur le bateau pendant l'été.

Une nuit, les Norvégiens perdirent une de leurs embarcations. Leurs voix se firent entendre au matin comme ils commençaient la journée, et personne ne savait ce qu'il était advenu du bateau. La conversation s'était faite en majorité en norvégien, mais il y avait eu suffisamment de termes anglais pour que Jim et Gary comprennent ce qui se passait. Ils avaient eux-mêmes dérivé, un jour que leur ancre-parachute s'était décrochée. L'eau était bien trop profonde pour utiliser les ancres traditionnelles, tous les bateaux de la flotte sortaient leur ancre-parachute à la proue et restaient ainsi amarrés ensemble, mais la nuit où leur parachute avait cédé, Jim et Gary s'étaient réveillés loin de la flotte, sans aucun chalutier à proximité et au beau milieu d'un couloir de navigation. C'était ce qui avait dû arriver au navire norvégien, et ils n'en avaient plus jamais entendu parler.

Arrivé à Haines, Jim appela son frère, Gary. Salut, dit-il, c'est moi. Puis il y eut un silence. Il attendit.

Eh bien, dit Gary. Il y a des gens qui te cherchent.

Qui me cherchent ?

Tu n'es pas passé devant le juge, pas vrai ?

Non.

Une autre pause. Il risque d'y avoir des points de vue quelque peu divergents sur la question, dit Gary. Et tu devrais peut-être essayer de réparer les choses d'une manière ou d'une autre, parce qu'à mon avis, c'est l'opinion du shérif qui l'emportera.

Pourquoi est-ce qu'on parle de ça ? fit Jim. Je t'ai appelé pour discuter d'autre chose. J'avais envie de parler avec mon frère. J'ai beaucoup repensé à nos journées sur l'*Osprey*, je me disais que c'était dommage que ça n'ait pas fonctionné. J'aimerais bien qu'on y soit encore. Et je me disais aussi que ç'aurait été bien si Roy avait pu travailler à bord pendant l'été.

Jim, où es-tu ?

Je suis à Haines.

Écoute, il faut que tu te rendes. Tu ne peux pas leur échapper indéfiniment, et ça fera très mauvaise impression face à un jury.

Tu m'écoutes ? demanda Jim. J'avais envie de parler d'autre chose. Est-ce que ça t'arrive de repenser à l'*Osprey* et à notre vie en mer ?

Jim attendait. Il pouvait entendre son frère respirer.

Ouais, ça m'arrive, dit enfin Gary. J'y repense. C'était difficile, mais je suis quand même content qu'on l'ait fait. C'était une sacrée aventure. Mais si c'était à refaire, je ne recommencerais pas, par contre.

Ah non ?

Non.

Dommage, dit Jim. Je me sens un peu seul depuis mon retour, tu sais ? J'ai personne à qui parler. Personne n'est venu me voir ni m'aider.

Personne ne peut plus t'aider, fit Gary. Ils seraient considérés comme complices ou je ne sais pas quoi. Assistance à un fugitif. Je ne connais pas le terme juridique, mais il y en a forcément un.

Je n'ai aucune chance de m'en sortir, hein ? dit Jim. Il fit une pause. Gary ne répondait rien et Jim se rendit compte que c'était la vérité. Il attendait simplement sa propre perte. Il comprit également qu'il ne fallait plus rien dire à son frère. Il faut que j'y aille, dit-il.

D'accord, répondit Gary. J'aurais aimé pouvoir t'aider. Vraiment. J'aurais dû venir te rendre visite quand tu étais encore à Ketchikan.

C'est pas grave.

Jim se dirigea vers le centre-ville pour trouver sa banque. Il devait bien y avoir une agence ici. Il trouva plusieurs autres banques, atteignit ce qui lui sembla être les limites de cette petite ville et se mit à paniquer, mais il finit par l'apercevoir. Il entra, son chéquier et sa carte d'identité à la main, patienta dans la file d'attente avant d'être conduit à un bureau à cause du montant de son retrait — près de cent quinze mille dollars en espèces. Il voulait liquider le reste de ses économies, bien que le shérif ait déjà dû bloquer son compte. Coos était au courant de son existence car Jim avait déjà retiré deux cent mille dollars pour payer sa caution et les divers frais de procédure, puis quelques milliers de dollars supplémentaires pour se loger à Ketchikan.

L'employée chargée de l'assister n'avait pas franchement envie de le faire. C'est un retrait anormalement élevé, dit-elle. Surtout en liquide. Et vous devez savoir que je vais être obligée de le signaler. Nous sommes obligés de signaler tout dépôt ou retrait important.

Aucun problème, dit Jim.

Et puis-je vous demander pour quelle raison vous avez besoin de ce retrait ?

Pour m'acheter une maison.

On peut vous établir un chèque.

Non, il me faut l'argent en liquide.

Un chèque peut être considéré comme du liquide.

Du liquide en liquide.

La femme fronça les sourcils.

Dites, fit Jim, c'est mon argent ou pas ?

Bien sûr, c'est votre argent, dit la femme. Mais je ne suis pas sûre que nous ayons autant d'espèces sur place. Je suis même certaine que nous n'avons pas une telle somme.

Combien avez-vous ?

Pardon ?

Je prends tout ce que vous avez.

Jim sortit avec vingt-sept mille cinq cents dollars en liquide. Il savait qu'il s'était fait avoir, qu'ils avaient bien plus d'argent dans leurs coffres, mais cela lui suffisait. Il n'avait pas besoin d'acheter son propre bateau. Il trouverait bien un chalutier qui aurait terminé l'ouverture du mois de mars et qui mouillerait à quai en attendant la prochaine sortie. Ils avaient toujours besoin d'argent.

Jim visa d'abord les gros bateaux. Il eut du mal à trouver quelqu'un. Il posa des questions et obtint des numéros de téléphone, des adresses de maisons et de bars. Puis il trouva un homme qui nettoyait un chalutier plus petit.

Comment va ? fit Jim, mais l'homme se contenta de lui décocher un regard avant de se remettre au travail. Il était tellement prévisible que c'en était drôle. Une barbe, une casquette délavée, un alcoolique lamentable.

Je voudrais qu'on m'emmène au Mexique en longeant la côte. Je vous offre quinze mille dollars. Ça vous intéresse ?

L'homme le dévisagea. Vous venez de tuer quelqu'un ? demanda-t-il.

Juste ma vie, fit Jim.

Laissez-moi aller voir le shérif et poser quelques questions, et on pourra en rediscuter.

C'est votre bateau ?

Non. Mais je connais le capitaine.

On n'a qu'à sauter l'étape du shérif et monter à vingt mille dollars.

L'homme retira sa casquette et se gratta le crâne. On saute l'étape des gardes-côtes aussi ? Et on présente une liste d'équipage au Mexique avec un nom en moins ?

Ça ferait l'affaire.

Bon, je vais en parler à Chuck. De toute façon, on n'a pas grand-chose à faire en ce moment.

L'homme rentra dans la cabine et disparut pendant un long moment. Jim n'entendait aucune voix, rien. Le bateau était merdique, rouillé, maintenu d'une seule pièce par des fils de fer. Mais il lui permettrait de descendre le long de la côte. Remonter le littoral était un véritable calvaire, mais l'inverse était plutôt facile.

L'homme revint en compagnie de Chuck, un sexagénaire qui semblait être le capitaine et propriétaire du bateau. C'était un homme d'une laideur féroce, des taches de vin constellaient le haut de son crâne chauve couronné d'une bande de cheveux gras et noirs. Il scrutait Jim avec une telle haine que celui-ci sut aussitôt qu'il ne pourrait pas lui faire confiance, mais quel choix lui restait-il ? Il n'avait plus rien. Il devait partir et il n'y avait personne d'autre aux alentours.

Dans quel merdier vous êtes-vous fourré ? demanda Chuck.

Jim ne répondit pas et se contenta d'attendre. Chuck finit par dire : Très bien. J'imagine que vous voulez appareiller sur-le-champ.

Tout à fait.

Il nous faut des vivres, de l'essence, des filtres de rechange, ce genre de trucs. Le moteur a quelques problèmes. Ça va pas être une croisière rapide ou glamour. Mais le prix est de vingt-cinq mille.

Je n'ai pas vingt-cinq mille dollars. Je n'essaie pas de marchander ou d'économiser. Je ne les ai pas, c'est tout.

D'accord, fit Chuck. Laissez-nous trois ou quatre heures. Et je veux dix mille dollars tout de suite. Et je veux aussi voir les dix mille suivants, pour être sûr que vous les avez sur vous.

Alors Jim monta à bord, lui tendit dix mille dollars et lui montra les dix mille autres. Il resta sur le pont tandis qu'ils mettaient pied à terre pour chercher les provisions nécessaires. Il ne les laisserait pas partir en douce sans lui. Neuf heures plus tard, en soirée, ils prirent la mer.

Un vent froid s'était levé, le bateau avançait suffisamment vite pour projeter un peu d'écume contre la proue. Le temps était clair. Debout à la poupe, Jim apercevait les lumières de Haines et quelques autres, dispersées un peu plus loin le long du littoral, et celles des chalutiers qui patientaient, accrochés les uns aux autres en haute mer. Au-delà, des terres abandonnées et des étendues d'eau à l'intérieur des terres, séparées par des zones noires et changeantes. Naviguer de nuit au beau milieu de l'inconnu vous poussait à placer votre confiance en n'importe quoi, il le savait, n'importe quelle direction, n'importe quelle profondeur, tellement prisonnier de vos peurs instinctives que vous en veniez à vous méfier de votre boussole et de votre jauge de profondeur jusqu'à heurter les rochers. Il espérait que Chuck et Ned savaient ce qu'ils faisaient.

Ils avancèrent jusqu'au bout de la nuit en direction de Juneau, glissant près de terres obscures à peine visibles sous le ciel obscur. Il se sentait comme un étranger. Il avait vécu là presque toute sa vie, mais ce pays ne s'était pas laissé apprivoiser et n'en était pas devenu plus familier. Il était resté aussi hostile qu'à son arrivée. Jim avait l'impression que s'il s'abandonnait au sommeil, il serait détruit. Chuck boirait trop à la barre, les courants les entraîneraient et les feraient chavirer et le bateau heurterait les hauts-fonds, la coque se remplirait d'eau et ils se noie-raient. Ce genre de risque existait toujours. Ils auraient été davantage en sécurité en haute mer. Ces pensées le ramenaient à Roy. Roy s'était montré hostile, lui aussi. Ils ne s'étaient jamais vraiment connus, ne s'étaient jamais apprivoi-sés. Jim n'avait pas fait preuve de suffisamment de méfiance à son égard. Il s'était noyé dans ses propres problèmes et n'avait pas perçu la menace que représentait Roy. Il s'était laissé aller au sommeil.

Le jour suivant se leva lentement. Une fine bande grise, ou peut-être d'un bleu moins som-bre, puis les sommets comme éclairés par leur propre reflet, et une lueur plus claire au-dessus d'eux jusqu'à ce que leur silhouette se recroque-ville comme enflammée, et que soudain tout blanchisse et que le soleil orange pointe en lignes segmentées entre deux cimes pour grandir, lourd et jaune, et se fondre dans le monde, bien trop chaud pour être observé à l'œil nu. Tout devint aveuglant. L'eau, les montagnes, l'air, tous d'une même clarté éblouissante. Jim ne distinguait plus les bateaux, ni les vagues, ni la terre. Il ne vit plus rien pendant presque une demi-heure, jusqu'à ce que le jour s'installe, que la terre rede-vienne terre, que les vagues reprennent leur rythme et qu'il aperçoive des bateaux dans tou-tes les directions. La surface de l'eau était opaque, d'un blanc grisâtre, comme une membrane solide. Le bateau avançait paresseusement à huit ou neuf nœuds, Haines loin à l'horizon maintenant, ou même disparue, hors de son champ de vision.

À huit heures, tandis que Ned relayait Chuck et vidait le contenu d'une boîte de donuts à la confiture, ils passèrent au large de ce que Jim avait d'abord cru être Juneau, mais il vit sur la carte que ce n'était que le parc national de Point Bridget, relié à Juneau par une petite autoroute.

Si vous savez lire une carte, vous pourrez prendre votre tour à la barre, fit Ned.

D'accord, dit Jim. Je prendrai le relais.

Peu après, Jim eut l'occasion d'apercevoir Juneau au bout du chenal de Favorite. Puis encore une fois, un peu plus tard, le long du chenal de Saginaw, mais il ne voyait pas grand-chose. Ils n'étaient pas suffisamment proches et la côte restait indistincte. À midi, Jim était à la barre, épuisé, et ils contournaient Couverden Island en direction de l'ouest et d'Icy Strait.

Il sourit lorsqu'il atteignit Icy Strait car, comme son nom l'indiquait, l'air s'y rafraîchissait brutalement. C'était une espèce de plaisanterie. On pouvait s'en rendre compte même à l'intérieur de la cabine de pilotage, à travers les petites fissures et les bouches d'aération.

Le chenal était immense — au moins huit kilomètres de large — et le trafic y était dense. Quelques bateaux à moteur, deux voiliers, mais nombre de navires commerciaux de pêche au saumon et au flétan, plusieurs remorqueurs tirant de lourds chargements loin derrière eux. C'étaient leurs mouvements à eux, en particulier, qu'il fallait anticiper. Jim n'avait pas l'habitude d'aller si lentement. Il n'arrivait pas à s'écarter de leur trajectoire assez vite, dans ce rafiot. Mais il n'allumait pas la VHF de peur d'attirer l'attention.

Ils passèrent devant Pleasant Island vers quinze heures, puis devant Point Gustavus, le vent mugissait depuis les hauteurs de Glacier Bay, au nord, en traversant le goulet de Sitakaday.

Alors qu'ils longeaient la petite baie suivante, Dundas Bay, il aperçut une vedette de gardes-côtes, une grande embarcation qui avançait de l'autre côté des îles Inian, et il sentit la panique le gagner. S'ils les abordaient pour inspecter les équipements de sécurité ou chercher de la drogue, comme à leur habitude, il serait démasqué. Il n'avait aucune confiance en Chuck ou Ned pour prendre sa défense. Il avait même trop peur pour dormir, bien qu'il eût désormais du mal à rester éveillé. Mais la vedette passa au large, à l'extrême nord de l'archipel, et entra dans la baie voisine. Jim se maintint aussi éloigné de la côte qu'il le pouvait, courbant légèrement le dos tandis qu'il traversait Taylor Bay. Le Brady Glacier paraissait énorme, il semblait issu d'un autre temps, d'une autre dimension, et annihilait tout autour de lui ; c'était comme si Jim ne pouvait pas être Jim parce qu'une telle pensée était trop petite et tout aussi éphémère que l'éclat étincelant du sommet. Ce glacier faisait passer les montagnes pour des naines.

Le vent dévalait le glacier en rafales déchirantes qui faisaient tanguer le bateau, mais c'était une bonne chose car elles l'obligeaient à rester sur ses gardes.

Puis il sortit de la baie. Il longea Cape Spencer aux alentours de vingt heures et prit le large, libéré du littoral, libéré des îles et de la côte du sud-est de l'Alaska. D'après la carte, il leur faudrait moins d'une heure pour quitter les eaux territoriales américaines. En raison de leurs formes irrégulières, ils les traverseraient de nouveau, mais seulement brièvement. Encore une nuit et un jour, et il serait suffisamment loin des côtes pour qu'on ne le retrouve pas ou qu'on ne se préoccupe plus de lui. Il pénétrerait dans une autre vie.

Une nouvelle fois, il pensa à Roy. Il paraissait incapable de s'en empêcher. Il laissait divaguer son esprit sans s'attendre à un glissement, et soudain il voyait le pistolet et il le tendait à Roy, ou il entrait pour le trouver à terre, lui ou ce qui restait de lui. Puis il pensait au sac de couchage, se demandait ce qu'ils en avaient fait. Ils l'avaient emporté dans une poche en plastique transparente avec le corps de Roy, ils n'avaient pas essayé de l'en faire couler. C'était trop dur de l'imaginer de la sorte, mais qu'auraient-ils pu faire d'autre ? Ils avaient bien dû l'extraire à un moment ou à un autre avant de l'enterrer. Qui s'en était chargé ? Qui avait donc fait couler son fils hors du sac ? Qu'avait vu Elizabeth ? Qu'avait vu sa fille, Tracy ? Il ne la reverrait peut-être jamais. Il l'avait perdue, elle aussi.

Le golfe d'Alaska était glacial. Le vent soufflait fort, les vagues étaient désormais hautes et désordonnées, des vagues de vent, des lames qui s'écrasaient autour de lui, trempaient le pont avant, atteignaient parfois les ponts latéraux. Chuck vint prendre le relais à quatre heures. Allez dormir, lui dit-il.

À quelle distance sommes-nous de la côte ? demanda Jim. J'aimerais être au moins à cent cinquante kilomètres pendant la descente.

On peut faire comme ça, dit Chuck. Mais on va être obligés de s'arrêter pour faire le plein quelque part. Peut-être en Oregon.

Jim descendit dans la cale et s'affala sur la minuscule couchette qui puait la vieille transpiration de Chuck et l'alcool. Il avait faim mais il était trop fatigué, alors il se contenta d'essayer de dormir.

Un navire en marche est un engin bruyant. Il le savait. Mais les parois de ce bateau craquaient et claquaient avec une force qui ne présageait rien de bon. Son débit d'essence était extrêmement inégal, il baissait lorsqu'on montait en régime avant d'accélérer subitement, indifférent aux creux et aux vagues. Jim s'était roulé en boule, submergé par la peur et l'épuisement, et il attendait que cela passe, il attendait de trouver le sommeil, mais à patienter ainsi la peur au ventre, il pensait trop et à trop de choses. Il pensait au fisc, au shérif, aux gardes-côtes, à son frère, à Elizabeth, à Tracy, à Rhoda, à Roy. Il imaginait une longue conversation avec Rhoda pour essayer de la convaincre qu'il n'avait pas tué Roy. Il lui rappelait que Roy avait treize ans, qu'il réfléchissait par lui-même, qu'il pouvait accomplir des choses selon sa propre volonté.

Sa propre volonté ? demandait Rhoda.

Je n'y suis pour rien, disait Jim. Ça ne m'a jamais traversé l'esprit qu'il puisse se suicider.

Ça ne t'a jamais traversé l'esprit, Jim ?

Non, disait-il à Rhoda. Mais alors il lui avouait un autre détail. Il lui racontait la fois où il avait tiré dans le plafond.

Et ça rimait à quoi, tout ça ?

Je ne sais pas. C'était juste quelques coups de feu.

Quelques coups de feu ?

La ferme, dit Jim à voix haute dans l'obscurité, mais il avait du mal à s'entendre tant le moteur était bruyant. Puis il commença à s'inquiéter de leur trajectoire actuelle. Comment pouvait-il être sûr qu'ils n'avaient pas fait demi-tour, que Chuck n'avait pas décidé de rentrer ? Et les îles ? C'était une vieille peur irrationnelle qui le hantait à chaque fois qu'il prenait la mer. Il craignait toujours de heurter des îlots qui ne figureraient pas sur les cartes, même au large.

Il ne parvenait pas à caler sa tête correctement. Voilà pourquoi il ne trouvait pas le sommeil : peu importait qu'il la bloque entre plusieurs chemises et le matelas, il ne pouvait l'empêcher de tanguer en mesure avec le bateau. Il n'arrivait pas à détendre sa nuque. La barbe qui envahissait sa mâchoire grattait contre le tissu des chemises à chaque mouvement de sa tête. Roy n'avait pas atteint l'âge d'avoir de la barbe. Il commençait tout juste à afficher un fin duvet. Ils avaient parlé rasage, un jour, Roy craignait de se couper sans savoir que la lame pivotait. Jim sourit. Puis il pleura à nouveau et se méprisa pour sa faiblesse. Il s'imaginait au Mexique, et peut-être un jour dans le Pacifique Sud, où le climat était clément, l'eau bleue magnifique et chaude, les montagnes vertes, et il comprenait qu'il serait seul, là aussi. Roy ne viendrait jamais l'y rejoindre. Et il se demanda à quoi ressemblait la tombe de son fils. Il ne la verrait jamais.

Jim regarda de l'autre côté de la cabine pour voir si Ned était réveillé, lui aussi, mais ce n'était apparemment pas le cas.

Jim restait étendu sur le matelas, les yeux fermés, mais n'arrivait à rien. Il n'y avait en lui qu'un espace battu par les vents, un grand vide. Plus rien ne lui importait et il aurait mieux fait de se tuer, mais Roy l'avait déjà fait et il ne pouvait plus s'y résoudre. Roy s'était tué à sa place en un échange convenu, c'est pourquoi Jim était responsable de sa mort. Les choses n'auraient pas dû se dérouler ainsi, mais parce qu'il s'était montré lâche, parce qu'il n'avait pas eu le courage de se suicider avant le retour de Roy, il avait manqué l'instant, l'instant unique qui lui avait été accordé pour tout arranger, il avait perdu cet instant à jamais, il avait tendu l'arme à Roy, lui avait demandé de résoudre la situation à sa manière, même si ça n'avait pas été la bonne.

Et Roy l'avait fait. Roy n'était pas lâche, il n'avait pas hésité, il avait levé le canon, il avait appuyé sur la détente et s'était fait sauter la moitié de la tête. Et Jim n'avait pas compris ce qui se passait quand il avait entendu le coup de feu. Il n'en avait pas su assez pour reconnaître le sacrifice à l'instant où il lui avait été offert.

Jim n'y croyait toujours pas même après avoir vu le corps de Roy sur le sol, dans l'embrasure de la porte, le sang, la cervelle et les os éparpillés autour de lui. Il n'y croyait pas et ne voyait rien, bien que la preuve fût là, étalée à ses pieds. Et voilà maintenant qu'il fuyait, pensant pouvoir échapper à la loi, à sa punition, et mener une vie idéale quelque part à manger des mangues et des noix de coco comme Robinson Crusoé, comme si rien ne s'était passé, comme si son fils n'avait jamais rien fait et que lui n'avait joué aucun rôle dans cette affaire. Mais les choses ne pouvaient en être ainsi, il le savait à présent. Il savait aussi ce qui lui restait à faire.

Jim se leva et entra dans la cabine de pilotage. Chuck était adossé dans le fauteuil du capitaine et feuilletait un magazine porno. Il leva les yeux de sa page pendant quelques instants et dit : Qu'est-ce que vous voulez ?

Il faut qu'on rentre, fit Jim. Je ne peux pas m'enfuir. Je vais me rendre.

Chuck le dévisageait. Jim n'avait aucune idée

de ce qu'il pouvait penser. Vous allez vous rendre, dit-il enfin.

Ouais.

Et nous, là-dedans ? On vous a aidé à fuir, vous vous souvenez ?

Jim hésitait sur la marche à suivre. OK, vous avez raison, dit-il. Je vous paierai en intégralité, j'attendrai quelques jours avant de faire quoi que ce soit, pour vous laisser le temps de partir.

Chuck retourna à son magazine. Très bien, dit-il. Allez réveiller Ned pour le quart suivant, avant de vous rendormir.

Jim réveilla Ned qui se plaignit qu'il était trop tôt. Jim se rallongea et essaya de trouver le sommeil. Il répétait ses aveux tandis qu'il sombrait peu à peu. Moi, Jim Fenn, j'ai assassiné mon fils, Roy Fenn, à l'automne dernier, il y a environ neuf mois. Je lui ai tiré une balle dans la tête à bout portant avec mon pistolet, un Magnum .44 que le shérif a retrouvé, il me semble. J'étais suicidaire, j'avais discuté à la radio avec mon ex-femme, Rhoda, qui m'avait annoncé ne pas vouloir se remettre avec moi et envisager d'épouser un autre homme, je n'en pouvais plus mais comme j'étais trop lâche pour me tuer, j'ai tué mon fils.

Ce n'était pas tout à fait juste. Il revint sur ses motivations parce qu'il savait qu'on lui poserait la question. Il analysa chaque détail l'incriminant, encore et encore, le pistolet, la radio, il étudia tout. Il était si fatigué qu'il ne pouvait garder les idées claires. Son esprit s'était arrêté, son corps lui semblait minuscule, comme celui d'un bébé. Un tout petit bébé doré recroquevillé sur lui-même à l'intérieur d'un corps d'adulte, relié par des ficelles à chacun des membres de ce corps plus grand qu'il tirait vers l'intérieur. Il était en train de disparaître.

Jim se réveilla, une corde autour du cou qui le précipitait au bas de sa couchette. Il tenta de hurler, en vain. Il était à terre et se cognait contre la cloison, il se débattait, puis il aperçut Ned, armé d'une batte en bois qu'il abattit sur ses jambes. Prostré sur le sol, il fut traîné jusqu'au pont, devina Chuck à l'autre bout de la corde et sut qu'il aurait dû s'y attendre. Ç'aurait dû lui paraître évident. Puis il s'évanouit.

Lorsqu'il heurta la surface de l'eau, elle était si froide qu'il reprit connaissance et eut envie qu'on le retrouve, qu'on le sauve. Que Chuck et Ned viennent le rechercher. Il lutta contre la corde toujours autour de son cou, s'en libéra facilement, mais il était tout habillé et coulait, alourdi par le poids de ses vêtements, sans gilet de sauvetage. Il ressentit une immense pitié pour lui-même. L'océan infini offrait un spectacle grandiose. Des montagnes d'eau se formaient de toutes parts, s'élevant pour disparaître, des collines roulaient çà et là. Il était impossible d'imaginer que ce n'était que de l'eau, impossible d'imaginer aussi à quelle profondeur incroyable elle s'étendait sous lui. Il se débattit pendant ce qui lui sembla une éternité mais qui aurait pu n'être qu'une dizaine de minutes avant de s'engourdir, de s'épuiser et de boire la tasse. Il pensa à Roy, qui avait eu la chance de ne pas connaître pareille terreur et dont la mort avait été instantanée. Il vomit de l'eau malgré lui, en ravala, la respira encore, respira cette fin qu'elle annonçait, glacée, dure et inutile, et il sut alors que Roy l'avait aimé et que cela aurait dû lui suffire. Il n'avait simplement rien compris à temps.

DU MÊME AUTEUR

Aux Éditions Gallmeister
SUKKWAN ISLAND (Folio n° 5451)
DÉSOLATIONS

COLLECTION FOLIO

Dernières parutions

5251. Pierre Péju — *La Diagonale du vide*
5252. Philip Roth — *Exit le fantôme*
5253. Hunter S. Thompson — *Hell's Angels*
5254. Raymond Queneau — *Connaissez-vous Paris?*
5255. Antoni Casas Ros — *Enigma*
5256. Louis-Ferdinand Céline — *Lettres à la N.R.F.*
5257. Marlena de Blasi — *Mille jours à Venise*
5258. Éric Fottorino — *Je pars demain*
5259. Ernest Hemingway — *Îles à la dérive*
5260. Gilles Leroy — *Zola Jackson*
5261. Amos Oz — *La boîte noire*
5262. Pascal Quignard — *La barque silencieuse (Dernier royaume, VI)*
5263. Salman Rushdie — *Est, Ouest*
5264. Alix de Saint-André — *En avant, route!*
5265. Gilbert Sinoué — *Le dernier pharaon*
5266. Tom Wolfe — *Sam et Charlie vont en bateau*
5267. Tracy Chevalier — *Prodigieuses créatures*
5268. Yasushi Inoué — *Kôsaku*
5269. Théophile Gautier — *Histoire du Romantisme*
5270. Pierre Charras — *Le requiem de Franz*
5271. Serge Mestre — *La Lumière et l'Oubli*
5272. Emmanuelle Pagano — *L'absence d'oiseaux d'eau*
5273. Lucien Suel — *La patience de Mauricette*
5274. Jean-Noël Pancrazi — *Montecristi*
5275. Mohammed Aïssaoui — *L'affaire de l'esclave Furcy*
5276. Thomas Bernhard — *Mes prix littéraires*
5277. Arnaud Cathrine — *Le journal intime de Benjamin Lorca*
5278. Herman Melville — *Mardi*
5279. Catherine Cusset — *New York, journal d'un cycle*
5280. Didier Daeninckx — *Galadio*
5281. Valentine Goby — *Des corps en silence*

5282. Sempé-Goscinny — *La rentrée du Petit Nicolas*
5283. Jens Christian Grøndahl — *Silence en octobre*
5284. Alain Jaubert — *D'Alice à Frankenstein (Lumière de l'image, 2)*
5285. Jean Molla — *Sobibor*
5286. Irène Némirovsky — *Le malentendu*
5287. Chuck Palahniuk — *Pygmy* (à paraître)
5288. J.-B. Pontalis — *En marge des nuits*
5289. Jean-Christophe Rufin — *Katiba*
5290. Jean-Jacques Bernard — *Petit éloge du cinéma d'aujourd'hui*
5291. Jean-Michel Delacomptée — *Petit éloge des amoureux du silence*
5292. Mathieu Terence — *Petit éloge de la joie*
5293. Vincent Wackenheim — *Petit éloge de la première fois*
5294. Richard Bausch — *Téléphone rose* et autres nouvelles
5295. Collectif — *Ne nous fâchons pas !*
Ou L'art de se disputer au théâtre
5296. Collectif — *Fiasco ! Des écrivains en scène*
5297. Miguel de Unamuno — *Des yeux pour voir*
5298. Jules Verne — *Une fantaisie du docteur Ox*
5299. Robert Charles Wilson — *YFL-500*
5300. Nelly Alard — *Le crieur de nuit*
5301. Alan Bennett — *La mise à nu des époux Ransome*
5302. Erri De Luca — *Acide, Arc-en-ciel*
5303. Philippe Djian — *Incidences*
5304. Annie Ernaux — *L'écriture comme un couteau*
5305. Élisabeth Filhol — *La Centrale*
5306. Tristan Garcia — *Mémoires de la Jungle*
5307. Kazuo Ishiguro — *Nocturnes. Cinq nouvelles de musique au crépuscule*
5308. Camille Laurens — *Romance nerveuse*
5309. Michèle Lesbre — *Nina par hasard*
5310. Claudio Magris — *Une autre mer*
5311. Amos Oz — *Scènes de vie villageoise*

5312. Louis-Bernard Robitaille — *Ces impossibles Français*

5313. Collectif — *Dans les archives secrètes de la police*

5314. Alexandre Dumas — *Gabriel Lambert*

5315. Pierre Bergé — *Lettres à Yves*

5316. Régis Debray — *Dégagements*

5317. Hans Magnus Enzensberger — *Hammerstein ou l'intransigeance*

5318. Éric Fottorino — *Questions à mon père*

5319. Jérôme Garcin — *L'écuyer mirobolant*

5320. Pascale Gautier — *Les vieilles*

5321. Catherine Guillebaud — *Dernière caresse*

5322. Adam Haslett — *L'intrusion*

5323. Milan Kundera — *Une rencontre*

5324. Salman Rushdie — *La honte*

5325. Jean-Jacques Schuhl — *Entrée des fantômes*

5326. Antonio Tabucchi — *Nocturne indien* (à paraître)

5327. Patrick Modiano — *L'horizon*

5328. Ann Radcliffe — *Les Mystères de la forêt*

5329. Joann Sfar — *Le Petit Prince*

5330. Rabaté — *Les petits ruisseaux*

5331. Pénélope Bagieu — *Cadavre exquis*

5332. Thomas Buergenthal — *L'enfant de la chance*

5333. Kettly Mars — *Saisons sauvages*

5334. Montesquieu — *Histoire véritable et autres fictions*

5335. Chochana Boukhobza — *Le Troisième Jour*

5336. Jean-Baptiste Del Amo — *Le sel*

5337. Bernard du Boucheron — *Salaam la France*

5338. F. Scott Fitzgerald — *Gatsby le magnifique*

5339. Maylis de Kerangal — *Naissance d'un pont*

5340. Nathalie Kuperman — *Nous étions des êtres vivants*

5341. Herta Müller — *La bascule du souffle*

5342. Salman Rushdie — *Luka et le Feu de la Vie*

5343. Salman Rushdie — *Les versets sataniques*

5344. Philippe Sollers — *Discours Parfait*

5345. François Sureau — *Inigo*

Composition Nord Compo
Impression Novoprint
à Barcelone, le 03 août 2012
Dépôt légal : août 2012

ISBN 978-2-07-044552-3./Imprimé en Espagne.

237441